君なんか欲しくない

きたざわ尋子

幻冬舎ルチル文庫

CONTENTS ✦目次✦

君なんか欲しくない

✦カバーデザイン＝久保宏夏（omochi design）
✦ブックデザイン＝まるか工房

イラスト・鈴倉 温✦

君なんか欲しくない

今日、辞令が下りた。

会社とはそういうものだと思っているから、紙一枚で仕事の内容を変えられることに不満はない。だが理由がわかってしまっただけに少しおもしろくなかった。

少しだ。不満というほどのものでもないし、たとえ大きな不満があっても彼はなにも言わず、淡々と新しい仕事をしただろう。

千倉祥司《ちくらしょうじ》はそういう人間だった。

子供の頃は子供らしくないと言われ、ある程度育ってからは冷めているとか落ち着いているとか老成しているといった言葉で表現されてきた。自分ではそう思わないのだが、家族も他人も千倉のことをそんなふうに思っているらしい。

「スポーツ事業部、ジャガーズ担当の千倉です。引き継ぎのことで、少しお時間をいただきたいんですが」

内線電話をかけて、相手と約束を交わす。千倉の代わりに入ってくる人は入社が一年早いそうだ。だから向こうより先に動くことにしたのだった。

千倉が勤めている会社は大手のスポーツ用品メーカー、アシリスだ。千倉はスポーツ事業部というところで、プロスポーツ選手へのユニフォームや道具を提供する仕事をしている。

だがそれも今月末までの話だ。

わけあって二年遅れで大学に入った千倉は、二十六になったにもかかわらず入社二年目だ。

いまの事業部はたった一年しかいられなかった。選手たちからの信頼が必要な仕事なのに、上はずいぶんと乱暴なことをしたものだ。

それもこれも、千倉自身ではなく彼の背景のせいなのだろう。

「千倉さん、聞きました？」

同期だが二つ年下の女性社員が寄ってきて、空《あ》いていた他人の椅子に座った。今朝《けさ》、千倉の異動を知ったときには大いに残念がり、寂しいとまで言っていたのに、すでに忘れたかのような顔をしている。

そんなものだろう。千倉は女性受けがいいほうだが、それはきわめて薄い意味あいで、熱のこもったものではない。男くささがなく、当たりの柔らかな千倉は、人畜無害で便利な存在として重宝されているにすぎない。

視線で問い返すと、彼女はさらに椅子ごと近寄ってきた。

「うちに真柴圭太《ましばけいた》が入るんですって」

「真柴……？」

「サッカーの。ほら、U《アンダー》―19の代表になって、高校生なのに特別指定選手でJリーグに入った子、覚えてません？」

「ああ……なんとなく」

頷《うなず》いたものの、記憶の隅にひっかかっているという程度だ。鳴り物入りでどこかのチームに入ったはいいが、故障続きで出場機会はあまりなく、いつのまにか名前を聞かなくなった選手ではなかっただろうか。もともとサッカーにはそう興味がなかったし、ここ一年は野球にかかりきりだったので、千倉の知識はその程度だった。

「わたし、結構好きだったんですよ」

「サッカー好きだっけ？」

「うん、まぁ顔がね」

「なるほど」

女性の人気がすごかったことは思いだしたが、顔は思いだせなかった。同じ会社に入るというならば、そのうち見かけることくらいはあるだろう。

「引退したとき、芸能界入りの噂《うわさ》もあったんだけど、断ったみたいなんですよね」

「いつ引退したっけ？」

「確か二年くらい前……だったかなぁ。ケガしてしばらくしてから一度復帰して、やっぱりだめで」

辞めてからの二年間なにをしていたのかは、彼女もつかんでいないようだが、そのうちいやでも耳に入ってくるはずだ。

「まったく噂とか聞かなくなって、たまに友達と、どうしたのかな……って話してたんですよ。まさかうちに入ってくるなんて……」

彼女はとても嬉《うれ》しそうだ。現段階では芸能人への好意とそう変わらないだろうが、身近な存在になればまた話は別になるだろう。その期待感も見えていた。

「サッカー担当になりますよね？　いろいろわかってるんだし、現役Jリーガーの知りあいだってたくさんいるだろうし」

「ま、そうなるだろうね。本人が拒否すれば別だけど」

「拒否ってありなんですか？」

「さぁ。普通はないだろうけど、彼の場合は特別かもしれないだろ」

まともなルートで入ってきた可能性は低いと思っている。経歴が買われたのかもしれないし、縁故かもしれない。いずれにしても、普通に大学を出て面接を受けて……というコースを辿《たど》っていないのは間違いないだろう。

「千倉さんは今回の異動、いやじゃないんですか？」

「そんなことないよ」

「でも新しい課でしょ？　デイリーアパレル課って、名前の通りなんですか？」

「みたいだね。普段にも着てもらえるものを作りたいらしいから」

いままでアシリスのウェアは、スポーツシーンで着用されるものしかなかった。それを日常で使えるものにまで拡大したいというのが会社の考えだ。アシリスのイメージはそのままに、ということだから、カジュアル路線なのは間違いないだろう。コンセプトは「ファッション性を高め、スポーツシーン以外でも求められるブランド力の確立」らしい。

「レディースもですよね」

「もちろん。あとは、靴とかバッグとか……そのあたりの小物じゃないかな。そのうち子供服もやることになると思うけど」

「ナイキを目指したいのかな」

「どうかな」

笑みを浮かべてそつなく答えたとき、ちょうどデスクの電話が鳴った。応対しているうちに彼女は自分のデスクに戻っていった。

アパレル事業部デイリーアパレル課への異動自体をいやだとは思っていない。仕事だけを考えたら、むしろ楽しいだろう。問題は千倉が抜擢《ばってき》された理由のほうだ。そう、千倉の異動は抜擢と言っていい。期待されていることも、役員から直接告げられた。会社から求められているものがなにかが理解できてしまうだけに、素直には喜べないのだった。

やれやれと溜《た》め息《いき》をつく。

そう簡単なことではないだろう。カジュアル路線とくれば、消費者から求められるのは価格の安さになる。もちろん品質も落とせない。いまは安価で質のいいものが街にあふれているから、対抗していくのは容易ではないはずだ。そしてアシリスの名が、ファッションというイメージから遠いのも事実だった。

だからこそ千倉の背景を生かせという無言の指示なのかもしれない。

千倉はメールソフトを立ち上げ、今回の異動を知らせるために文章を打った。場合によっては協力を仰ぐことになるかもしれない、ともつけ加えた。可能性がある以上、根まわしは必要だ。

送信ボタンを押して、窓の外を見る。

今日は朝から風が強い。春の嵐、とまではいかないが、それなりに荒れた天気であることは確かだ。

辞令が下りた日に、この天気。千倉の今後の日々が暗示されているような気がして、思わず小さな溜め息がもれた。

あの日の予感めいたものは当たっていたのかもしれない。

紹介された男を見て、千倉はひそかにそう思った。

「真柴圭太です。よろしくお願いします」

そう言って九十度近く頭を下げた新入社員は、バネでも入っているんじゃないかと思うほど勢いよく上体を起こした。

キビキビとした動作に、歯切れのいい口調。千倉を見つめる視線には臆するところなど微《み》塵《じん》もなく、目の強さが印象的だ。

目を見て思いだした。忘れていた彼の顔立ちは、会ってみればなぜ思いだせなかったのかが不思議なほど華やかで整っている。

目尻が上がり気味の目はいかにも負けん気が強そうだし、すっと通った鼻筋も引き締まった口もとも、すべてきれいな形をしていて、かつ男らしい。美形だとか男前という言葉よりも、いまどきなイケメンというのがぴたりとはまる。身長は思っていたよりも高く、すらりとしていて、スポーツ選手というよりはモデルか俳優のようだ。引退時に芸能界入りの話があったというのも納得できた。

派手な男だ、というのが正直な感想だった。癖《くせ》の強そうな髪をワックスかなにかで遊ばせているのが、いかにも身だしなみに気を使っているという感じがした。軽いと言ったら言いすぎだろうが、真面目《まじめ》そうには見えなかった。

この手のタイプはよく知っている。高校時代からの友人が同じように華やかで、かつてはあまり真面目とは言いがたい男だったからだ。だが友人としてはよくても、後輩としては苦手かもしれない。

千倉は内心で溜め息をついた。

「真柴くんのことは知ってると思うが、特別扱いはなしだぞ。特に女性陣。親切もほどほどにな」

上司は一人一人を真柴に紹介していき、最後が千倉になった。真柴を除けば最年少で、かつ入社が遅いので当然だ。同じ歳の女性社員は現役のストレートで入社したから、二年先輩なのだ。

「千倉くんだ。彼にいろいろ教えてもらいなさい」

上司はにこにこと笑いながら、あっさりと扱いづらそうな新人を押しつけてきた。逆らう気はないが、黙って引き受けるには、あまりにも真柴という男の存在感は強すぎる。

「あの、もっと経験のある方のほうがいいのでは……？」

「ここは新しい部署だし、条件は同じだろう？　君たちはバランスが取れていて、いいと思うよ」

デイリーアパレル課としては誰もが一年目だが、十人ほどいる課の半分は、もともとアパレル事業部にいる者たちだ。スポーツ事業部だった千倉よりはずっと適任なのではないだろうか。

　だが異を唱えるほどの強い理由はなかった。

「よろしく。僕も経験はほとんどないので、あまり期待されても困るけど」

「仕事のできる人だって聞いてますよ。俺も足手まといにならないように頑張るんで、よろしくお願いします」

　はきはきとそう言って真柴はにこりと笑う。笑顔は存外に人なつっこく、印象ががらりと変わって親しみやすいものになった。

　頭半分高い真柴が前に立つと、自然に見下ろされる形になる。やはり真柴は背が高いのだと思った。

「以上だ。千倉、あとは頼むよ」

「はい」

　まずはオフィス内の説明をし、備品のありかなどを教え、真柴のデスクに着いた。千倉の隣だ。電話の取り方などは新人研修で教えられてきたはずだから省略した。

「パソコンはどの程度使える？」

「あー、基本情報技術取ったくらいなんですけど」

「そうなんだ」

「一応、ビジネス系の専門学校行ったんで」

意外な答えに千倉は目を丸くする。引退してからの二年間をどうすごしていたのか、早くもわかってしまった。

「じゃ、早速だけどいいかな。これ、マーケティングのデータ。かなりあるから、まとめるのが最初の仕事」

「はい」

真柴は受け取ったROMを開き、ときおり質問をしながら、数社から買ったデータをまとめていった。

本当にサッカー選手だったのかと疑いたくなるほど、彼は普通に仕事ができた。

(なんでもある程度できるタイプ……か?)

千倉はよくよくこの手のタイプに縁があるらしい。非の打ち所のない、華やかな容姿。初めてのことでも、人並み以上にできてしまう器用さと呑《の》みこみのよさ。そしてそつのない対人態度。

真逆のタイプだ。千倉はなにもかもが平均的な人間で、どこにいても目立つということがない。成績はよかったし、いまも仕事ができると言われるが、それは突出したものではないのだ。十段階でいえば七か八といったところでしかないものを、落ち着いた態度と冷静なもの言いで、よく思わせているだけだ。もちろん無能ではないつもりだが。

(それにしても落ち着かないな。やっぱり芸能人感覚か……)

三人いる女子社員たちが、しきりに真柴を気にしている。あからさまに見ないようにはしているが、意識が向かっているのは明らかだった。

初日だから仕方がない部分はあるのだろう。彼が注目されていたのは、ほんの三年か四年前なのだし、ファンがいても不思議ではない。

どこか浮ついた空気が流れるなか、なんとか午前中の業務は終わった。

数人で社食へ行ってわかったことは、真柴が行くところに視線がついてくる、という事実だった。すでに真柴の入社はほとんどの社員が知っていることであり、注目度は並大抵ではないのだ。噂の人物を一目見ようという積極的な意思を感じた。

周囲が色めき立っているのに、当の本人はどこ吹く風だ。他人の視線などまったくないような顔をしていた。きっと神経の作りが違うのだろう。

そうして午後の業務も滞《とどこお》りなく終了し、あっという間に一日が終わった。普通に考えれば、新入社員である真柴にとっては長い一日だったろうが、真柴の様子を見ているとさほど疲れてはいないようだ。あまりに堂々とした態度を見ていると、あるいは千倉よりも余裕があるのではないかという気にもなってくる。

歓迎会は来週末と決まり、初日だからということで、夕食や飲みに行くという誘いもかからず、真柴は会社をあとにすることになった。

「千倉さんちってどのへんですか？」

「船堀《ふなぼり》」

「えっ、マジで？　俺、一つ先だ」

「一之江《いちのえ》なのか……真柴って出身どこ？」

「静岡です」

「なんでまた一之江？」

「会社行くのに便利かなと思って。会社から西に行くとちょっと高いじゃないですか。急行停まんないのがちょっとあれだけど」

理由は千倉と同じらしい。千倉も電車一本で行けるのが魅力で、いまのマンションを選んだのだ。同じくらいの通勤時間で比較したところ、逆方向は総じて相場が高かった。

「やっぱ俺も船堀にすればよかったかなぁ、急行停まるし、千倉さんいるし」

「僕はどうでもいいだろ」

「先輩が近くにいると心強いじゃないですか。なんとなくだけど」

会社から地下鉄の駅までは、目と鼻の先と言ってもいい。人の多いホームで電車を待つために並びながら、千倉はちらりと横を見た。

こんな男が当たり前のような顔をして並んでいるのは不思議な気がする。彼はかつて歓声を受けてフィールドを駆けまわっていたはずだ。もちろんユニフォームを着て、大勢の人に見守られながら。

「なんかついてますか？」

「……違和感があるなと思って」

「サッカー選手の面影《おもかげ》は全然ないけど、会社員にも見えない」

「え、なにが？」

「ひでぇ。じゃ、俺ってなんですか」

笑いながら問われ、千倉は少し考えてみた。

隙《すき》のない身だしなみに、やたらと垢抜《あかぬ》けた印象の顔立ち。先にも言ったように選手でも会社員でもなく、学生という雰囲気でもない。

「そうだな……テレビドラマなんかで見る、俳優が演じてる会社員って感じ。ほら、たまにあるだろ。こんなやつ会社にいるかよ……っていう」

「ええ？　いやいや、実際に俺いるし」

「だからいるのが不思議なんだよ」

「って言われても、超現実だし……あ、わかった千倉さん。今日これからメシ食いませんか。親睦深めましょう」

人なつこい笑顔で言われて、千倉は面食らった。だがあまりにも邪気がないから、断るのも可哀想《かわいそう》に思えたし、そもそも断る理由がない。用事はないし、一人で食べたいというわけでもなかったからだ。

「いいよ」

「やった。どっかいい店知ってます？　できれば地元のほうで」

「うちの駅しか知らないな。一駅手前だけど、いいかな」

「もちろん。歩いて帰ってもいいくらいだし。体力には自信あるんで」

「そうだろうな」

　仮にもプロスポーツ選手だったのだ。さすがに現役のときほどではないだろうが、まだ若いのだし、言葉には説得力がある。

　それなりに混《こ》んだ電車に乗りこんで揺られ、千倉はいつものように電車を降りた。駅前にあるビルに入り、居酒屋らしき店を選んで入った。

　駅にいるときも外を歩いているときも、すれ違う女性が何人も真柴を見ていたが、それは見目のいい男に目を奪われただけで、彼が何者かに気づいたわけではないようだった。

「いつもここ来るんですか？」

「いや、一人じゃこういうところは来ないからね。あるのは知ってたけど。だからおいしいかどうかは知らないよ」

「うまそうっすよ」

　真柴はメニューを開き、千倉になにがいいかを尋ねながら、自分もあれが食べたいこれが食べたいと、ストレートに要求を口にした。

隣の席に客はおらず、客入りは六割程度だ。相変わらず真柴を気にして見る者はいたが、ここでもサッカー選手だったことに気づいた者はいないようだった。

「意外に気づかれないものなんだな」

「気づかれないっていうより、知らないいんじゃないかな。もう忘れたっていうか」

「当時は注目されてただろ？」

「ワールドカップやオリンピックの代表になったってんならともかく、俺の場合はそこまでいってないですからね。サッカー好きじゃないと無理でしょ」

「そんなものかな」

「うん、そんなもんです。それにほら、髪もちょっと伸びたし、あの頃みたいに焼けてもいないでしょ。だいたい人は俺のユニフォーム姿しか知らないからさ。スーツ着てるだけで、結構印象も違うらしいですよ」

真柴はそう言って笑い、オーダーを取りに来た店員に、ドリンクと料理を一気に頼んだ。

確かに印象は変わった。薄い記憶しかない千倉には、まったく過去の彼とは繋《つな》がらないほどだった。

「学校ではさすがに知られてただろ？」

「まぁ、一応。でも最初だけですよ。バイト先では、一回もバレなかったな」

「バイト？」

この男がアルバイトなんかしていたのかと、千倉はわずかに目を瞠《みは》った。引退して学生生活を送っていたのだから不思議ではないのだが、どうしても違和感があった。

「はい、学校行きながらバイトしてたんで」

「なんの？」

「あー……まぁ、いわゆる黒服的な。知りあいの店で、ちゃんとしたクラブですよ。座るだけで金かかるようなとこ」

「黒服か。それは結構想像つくな」

さぞかし似合ったことだろう。かつての彼はともかく、現在の彼はサッカーのユニフォームよりも黒いスーツのほうがイメージにあう。

「正体バレなかったのか？」

思わず訊《き》いたら、真柴は爆笑した。

「正体って、なにもんですか、俺。別に普通にやってましたよ。髪はセットしてカラコンとか入れてましたけどね。何回か、似てるね……なんて言われましたけど、二年で三回くらいですよ」

そんなものかと千倉は納得した。印象が繋がらないのはなにも千倉だけではないらしい。

運ばれてきたドリンクでとりあえず乾杯し、お通しを摘《つま》んだ。衣をつけて揚げた白身魚にカレーの風味をつけたもので、辛みはあまりなかった。

「千倉さんって、趣味はなんですか？」

「趣味？　いや……特にないけど」

「そうなんだ。普段なにしてんですか？」

「適当に本読んだり……休みの日は、ちょっと走ってみたり」

「へぇ、読書とジョギング」

「いや、だから趣味ってわけじゃないんだよ」

それほど冊数は多くないし、ジョギングだって思いついたときに自社のウェアとシューズで適当に走っているだけだ。日によって距離も違えばペースも違う。途中でやめてぶらぶらと歩くことだってあった。

「あ、わかった。時間は彼女のために使ってるんだ」

「そういうときもあったけど、いまは違うよ。このあいだまでは、野球の試合をチェックしてたな」

「あ、そっか。ジャガーズの担当だったんですよね」

「うん」

「やっぱサッカーより野球が好き？」

「自分もやってきたからね」

「え、そうなんだ？」

千倉自身も中学までは野球をやっていたのだ。体格にも才能にも恵まれなかったので、高校受験を機にやめてしまったが、数あるスポーツのなかで最も興味が強いことに違いはない。ついでにリトルリーグ時代のチームメイトが、現在はジャガーズの球団職員をやっていることから、千倉が担当になったようなものだった。

「うーん、そうは見えないな。千倉さんって、図書館で本捲《めく》ってるほうが似合いそう。あと木の下に置いてあるベンチとか」

「それは文学青年っぽいって言いたいのか？」

「そうそう、それ。ぶっちゃけ体育会系にまったく見えない」

真柴の言葉には遠慮がない。だが不快になるほどの内容ではない上、言い方にいやみがないから、千倉も苦笑するしかなかった。

「自覚はあるけどね。真柴は？」

「俺は多趣味ですよ。いまはまってるのは料理かな。あとはペーパークラフトとかやるし、ギターも弾くし……あ、合気道もちょっと」

「サッカーはもうしないのか？」

「当分いいです。っていうか、やったらムキになって、膝《ひざ》のこと忘れそうなんでヤバイかなって」

苦笑まじりに真柴は左膝をさする。引退の原因となった膝のケガは、確かプライベートでのことだったはずだ。誰かがそう言っていた。

「膝、どんな具合なんだ？」

「日常生活に支障はないですよ。ちょっとしたスポーツなら、やっても大丈夫だし。ただフルマラソンとかジャンプしたりとかは、なるべく避けろって言われてるんですよ」

「そうか……一つ訊いてもいいかな。うちに配属されて不満はないの？　スポーツ事業部で、サッカーを担当したいとは思わなかった？」

「思いません。っていうか、そっちは外して欲しいって、俺から要望出したんですよ。ここだけの話ですけど」

必要もないのに真柴は身を乗りだし、声をひそめた。もともとそんなに大きな声ではなかったから、いままでの会話だってなに一つ周囲には聞こえていなかっただろう。

「要望……」

「ま、そのへんは特別扱いってより、配慮ってことで」

「ふぅん。縁故なのか？」

「はい。っていうか、スカウトに近いかな。俺の知りあいが専務に俺のこと話して、それで決まったんで」

「なるほど」

特殊ルートでの入社は予想していた通りだから驚きはないが、なぜサッカーを避けたのかは気になった。

「それで？」

「え……ああ、外してもらった理由ですね。それは俺がいろんな人に迷惑かけちゃったからですよ。知ってますよね？」

「プライベートでケガしたこと？」

「そうです」

真柴は神妙な顔で頷いた。

彼のケガは試合や練習とは無関係だ。当時まだギリギリ未成年だったのに酒を飲み、自宅近くの公園で通りすがりの人間とケンカをして負わされた。それなりに批判が出ていたことは千倉も知っている。訊きもしないのに、元の部署の同僚が教えてくれたからだ。

「そのせいで、ろくに試合出てませんからね。チームも期待してくれてたのに、なにも貢献できないまま終わっちゃって……どのツラ下げてってやつですよ」

真柴は苦笑してグラスを傾けた。彼が頼んだのは弱めのサワーだし、飲むペースもゆっくりだ。自戒なのかどうかはわからないし、確かめるほど真柴に踏みこんでいく気は千倉にはなかった。

ことんとグラスが置かれる音に視線を上げると、さっきから真柴がじっと千倉の顔を見つめていたらしいことに気づいた。

「なに？」

「よく見ると、顔整ってますよね。目とかきれいだし」

なにかと思えば、真柴は突拍子《とっぴょうし》もないことを言いだした。

「……それは、どうも」

「でも地味。いや、地味っていうかなんかこう……押し出しが強くないっていうか、不思議と目に留まらないっていうか」

「総括して地味でいいんじゃないか？」

「ちょっと違うんですよ。うーん……ひっそりっていうか……」

真柴は完全に箸《はし》を置き、じいっと千倉の顔を見つめて考えこんだ。

ここまで無言で人に見つめられたことはなく、さすがに居心地が悪くなった。相手が真剣だから余計にだ。

やがて真柴はぱっと表情を和《やわ》らげた。

「わかった。あれだ、カラフルな石のなかに混じってる透明な石って感じ？　取りだして、ちゃんと見るときれいなんだけど、混じってると見えないんですよ」

「真柴ってモテるだろ」

「はい？」

「褒《ほ》めるのが上手《じょうず》だ。どんな相手でも、自然に褒められるんじゃない？」

「そんなわけないでしょ。誰にでもこんなこと言ってるとか、絶対ないですからね。信用してくださいよ、本心ですって」

「ありがとう……って、言うところなのかな、これ」

「千倉さんってクールだよなぁ」

それは違うと思わず言いそうになった。千倉はよくその手の言葉を向けられる。クールだ、冷静だと、何度も言われてきた。もちろん感情的だとも思っていないが、ようはストレートに感情が表に出にくいだけの話なのだ。

「なんか繊細そう」

「初めて言われたな」

「あれ、そうなんだ。なんかこう、全体的に線が細いじゃないですか。もの静かだし、頭よさそうで」

「繊細とは関係ないだろ、そのへんは」

「だからイメージですって。実際に繊細かどうかはわかんないし。あ、でも部屋とか超きれいそうですよね」

「……まぁ、片づいてるほうだとは思うよ」

実際、千倉の部屋が散らかっているということはまずない。掃除はまめにやっているし、ものが多くて困るということもない。そもそも物欲が薄いので、必要なもの以外は増えないのだ。

料理は次々とやってきて、テーブルいっぱいに皿が並んだ。基本的にはどれをつついてもかまわないのだが、千倉は自分が食べたいと頼んだものばかりを摘んだ。

「一人暮らしって、いつからですか?」

「就職してから。だからまだ二年ちょっとだな」

「あれ……? 千倉さんって、いま二十六でしたよね」

真柴は目を丸くした。

「ああ。二年遅れなんだ」

「って、留年? 浪人?」

「高校出て二年目でようやく受験したんだ。そのあいだはバイトしてたから」

「えーと、そのへんは突っこんで訊いてもいいとこですか」

探るような問いかけに、千倉は軽く頷いた。臆せず踏みこんでくるかと思えば、こんなふうに遠慮も見せる。どうやら見かけと違い、気遣いもできる男らしい。

「別に問題ないよ。自分の金で大学へ行こうって思っただけ。奨学金も考えたんだけど、あとで返すよりはって思って、先に二年働いた」

淡々と説明する千倉を見つめながら、真柴は大真面目な態度で聞いている。手は膝の上にあり、拝聴しているといってもいいくらいの態度だ。

思わず笑みがこぼれた。

「畏《かしこ》まって聞くようなことじゃないよ」

「いや、そんなことないですよ。偉いですよね」

「別に偉くもないよ。意地みたいなものなんだ。親が望んでた道に行かないって決めたから、大学も自費で行くべきかな、って思っただけだし」

「揉《も》めたんですか？」

「そんなことないよ。意思を伝えたら、そうか……ってあっさり言ったし。学費も出してくれるって言ったんだけどね」

だからこそ親に出してもらうのは憚《はばか》られた。家族には、「勉強をしたくない」とか「すぐに働きたい」と言っておき、二年後に受験をした。真柴には意地と言ったが、ようするに我を通しただけだった。

「それより、真柴が思ってたより真面目でよかったよ。今朝は、扱いにくそうなのが来たなって思ってたんだ」

「あー、うん。それはわかる気がする。なんか、チャラく見えるらしくて。引退したときも芸能界入り決定みたいなこと書かれたし。業界の人から接触があったことは確かだけど」

元の部署で聞いた話は本当だったようだ。真柴と接してみれば、むしろ当然だと思える。姿形のよさだけでなく、魅力にあふれたこの男は、華やかな世界にいても見劣りすることなく輝いたことだろう。

「興味なかったのか？」

「なかったですね。とにかくあの当時は、ちょっと叩《たた》かれたってこともあって、目立つことしたくなかったんですよ。フツーのオトコノコに戻りたかった、っていうか」

「ぶっ……」

飲みかけのサワーをあやうく吹きだしそうになって、こらえようとしたら今度は変なところに入った。

「ちょっ……大丈夫ですか」

ごほごほとむせる千倉を心配そうに覗《のぞ》きこみ、真柴は長い腕を伸ばしてくる。そう大きなテーブルではないから、彼が身を乗りだせば千倉の背中に手が届いた。

「大丈夫だから」

「なんかツボでした？」

「……いや、まぁ」

「飲んでないときだったら、笑いましたかね。いまの」

「どうだろう。吹きはしたけど、笑うほどでもなかったような……」

「うーん、厳しい。千倉さんって、爆笑したりするんですか？　なんか想像つかないんですけど」

問われて初めて考えてみて、千倉は眉根《まゆね》を寄せる。くすりと笑ったり微笑《ほほえ》んだりした記憶はあっても、大笑いした記憶はなかった。かなり遡《さかのぼ》ってみてもそうだ。いろいろと感情の沸点が高いのかもしれない。

「そういえばないかな。声に出して笑うこと自体が少ない気がする。普通におもしろいものはおもしろいって感じてるんだけどね」

「千倉さんの家って、やっぱ静かなんですか」

「いや、僕だけこうなんだ。両親も姉も兄も、祖母もだけど、パワフルな人たちだから」

自然と苦笑まじりになった。千倉の家族は揃《そろ》いも揃って活力と自信に満ちあふれ、とても華やいでいる。千倉だけがあきらかにテンションも違うのだ。

「上に二人いるんですか。っていうか、千倉さん末っ子？　なんかそれもびっくり」

「どうして？　末っ子っぽくない？」

「はい。仲いいんですか？」

「いい……と思うよ。ちょっと年が離れてるから、いつまでたってもひよっこ扱いされてるけどね」

「想像できねーなぁ」

屈託のない笑顔を見ていると、つい緊張感が緩む。隠すようなことではないからいいが、問われるままに答えている自分に気づいて驚いた。人なつっこいと思った第一印象通り、真柴は一気に距離を縮めてくるタイプのようだ。

「年、いくつ違うんですか」

「兄とは十一歳で、姉とは八歳。真柴は？　一人っ子？」

「いや、兄がいます。いるって言っても、もう三年近く会ってないですけどね。商社マンで、海外にいるんですよ」

うっすらと笑みを浮かべる真柴からはなんの感情も読み取れなかった。笑っているのにそこには温度がなく、親しみも愛情も感じられない。かといって逆のそれもない。ただ平坦《へいたん》にデータでも読み上げるような無機質さがあった。

さっきまでの屈託のなさが嘘《うそ》のようだった。

「……仲悪いのか……？」

「よくないですね。っていうか、向こうが俺のこと嫌いなんですよ。あ、でもこれヘビーな話じゃないから。別にどうってことないですよ。ほんとに滅多《めった》に会わないし。ガキの頃に親が離婚して、別々に引き取られたんで、名字も違うんですよ」

やけにサバサバした口調だった。笑みを含んですらいて、確かに兄弟仲の悪さを気にしているふうではない。

これ以上突っこんで訊く気にはなれなかった。ヘビーではないといくら本人が言ったところで、肉親との関係がよくないのは軽いことでもないだろう。それに聞きたいとも思わなかった。

けっして重苦しくはないが、さっきまでとは確実に空気が違う。

微妙な雰囲気を感じとったのか、真柴は手もとにあった皿を千倉のほうへと滑らせた。

「これ、ピリ辛でうまいですよ」

「ありがとう」

箸で少し取り皿に置き、ついでにいくつか別の料理も同じように皿に取った。そのあとで口まで運んだのは自分で頼んだ料理だが、すでに食べることに専念している真柴が気づくことはなかった。

「ここ、うまいですね。チェーンですか？」

「違うんじゃないかな」

「白和《しらあ》えなんて久しぶりに食うな」

嬉しそうに箸を伸ばす真柴の姿は、少し前の彼とまったく重ならなかった。自分は変な幻《まぼろし》でも見たんじゃないかと思うほどだ。

人なつこく屈託のない彼は、一見誰とでもすぐ親しくなるように見えるし、実際に距離を縮めてくる。だがさっきの様子を目にした千倉には、もうそれがただの処世術としか思えなくなった。少なくとも彼には鬱屈《うっくつ》があるのだ。

「うん、うまい。ちょっと甘めだけど」

すべての料理をつつく真柴を眺めながら、千倉はさっさと割りきった。

どうせ仕事でつきあうだけの相手だ。家が近いから、たまには食事をしたり飲んだりする機会はあるだろうが、その程度ならばなにを抱えていようとさして関係はない。気にしなければいいだけだ。

「真柴はなにが好きなんだ？」

「わりとなんでも食べますけど……あ、エスニックはあんまり。嫌いってわけじゃないですけど、自分のなかで順位低いですね」

「僕もかな。香辛料がきついのがだめで」

「一緒ですね。あとは……あ、わりと洋食屋なんかも好きなんですよ。ああいう店に行くと、メニュー制覇したくなるっていうか」

「ああ、それはわかる。うちの近くにもあるんだけど、結局いつも同じようなもの頼んじゃうんだよね」

「そうそう！」

当たり障《さわ》りのない、けれども千倉にとってはそこそこ重要な話をして、ゆっくりと食事を進めていく。

互いの住所を確認しあい、歩いて三十分ほどの距離だということもわかった。真柴曰《いわ》く、走っていくにはちょうどいい距離らしい。

「俺になんかあったときには、来てくださいよ。俺も行くから」

「なにかって、なに」

「風邪ひいて寝こんだとか、そういうとき」

確かに多少は心強いかもしれない。とはいえ千倉の場合は、そんなときには実家へ戻ってしまうのだが。

「呼ばれたときに暇だったら行くよ」

冗談まじりに約束し、グラスを傾ける。

いろいろとありそうな男だが、思っていたより真柴とはうまくやれそうな気がした。

「なんか、冷えてきましたね」

真柴は隣を歩く千倉に話しかけ、雲がほとんどない空を見あげた。

ただでさえ今日はこの時期にしては寒いと言われていたのに、日が傾いてきて温度はさらに下がった。

今日は千倉と二人して直帰だ。千葉方面に用事があり、揃って出向いてきたところなのだ。せっかくだから食事でもと誘い、いつもの平坦なテンションでOKをもらったばかりだった。千倉と二人だけで食事をするのは、配属当日の夜以来になる。

「季節が一ヵ月くらい逆戻りしたような感じだね」

頭半分は低い千倉は、相変わらずなにを考えているのか読めない顔をしている。無表情ではなく、かといって常に笑っている人でもないのだが、基本的なテンションが低く反応も希薄だから、毎日一緒にしてもいまだに彼のことがよくわからない。いつでも涼しい顔をしている、という印象だ。

とりあえず仕事はできるほうだろう。そつもないし、周囲の評判もいい。これといった弱点や欠点がない代わりに、突出した部分もないとも言えるのだが、まんべんなくなんでもこなせるタイプなので、トータルで考えれば優秀ということになる。

正直、おもしろみのない人間だ。つるりとしていて取っかかりがない。彼の印象が薄いのは、きっとそういう内面的なことも影響しているのだろう。

とはいえ会社の先輩としてはやりやすい人だと思っている。少なくとも仕事はしやすい。

「今日はなに食います？　まだちょっと時間早いですよね」

「一度、帰ってからにしても……」

駅までの道を歩いているとき、ふいに千倉が視線を留めた。ちょうど小さな児童公園の脇《わき》に差しかかったときだ。

視線を追うと、公園のベンチに三人の子供が固まっていた。小学校の高学年とおぼしき女の子と、中学年の男の子、そして低学年もしくは未就学と思われる女の子だ。

「どうしたんですか？」

「いや……なにしてるのかと思って。かなり深刻そうな顔なんだ」

三人は一様に下を向き、身を寄せあうようにして座っている。言葉はない。なにかを楽しんでいる雰囲気ではなかった。

「なんですかね」

「ちょっと訊いてくる」

「は？　え……ええ？　いや、わざわざそんなことしなくても」

「気になるじゃないか。それに結構冷えてきたし、暗くなったら危ないし」

「千倉さんって子供好きなんですか？」

「嫌いじゃないけど、苦手かな。どう接していいのかわからないんだ。子供とは徹底的にテンションがあわないし」

きっぱりとそう言いきったにもかかわらず、千倉の意識は子供たちに向かっていた。よほど気になるようだった。

「なんか新発見。千倉さん、こういう感じの人なんだ」

「こういう感じってなに」

「なんかこう、いい人……？　お人好《よ》しっていうか」

「違うよ。そんなんじゃない。一度気にしちゃったから、だめなんだ。もしなにか……たとえばあの子たちが事件に巻きこまれるとか、そんなことが起きた場合に、寝覚めの悪い思いをしたくないだろ。だからあの子たちを家へ帰そうと思って」

千倉は言い終わらないうちに公園へと足を踏みいれていた。どうしたものかと思ったが、すぐ真柴もあとを追うことにした。

公園には子供たちと真柴たちのほかに誰もいない。近づいていく千倉に気づき、子供たちは顔を向けてきた。

「もうすぐ暗くなるし、寒いから、早く帰ったほうがいいよ」

いつもより少し柔らかな声だ。それだけで甘さを帯びているように聞こえて、また意外な一面を見た気分になる。

「あ……」

千倉の目がわずかに見開かれ、ぴたりと足が止まった。彼の視線は、一番小さな女の子の手もとに向けられていた。

視線を追った真柴は、ぱっと笑みを浮かべた。

「猫だ。うわ、小《ち》っせぇ」

声が弾んでしまうのは仕方ない。真柴は子供の頃から猫が好きだった。いや、猫に限らず、犬でも鳥でも、生きもの自体が好きだった。

気がついたら千倉よりも前へ出て、子供たちの前にしゃがみこんでいた。自分から子供に接触しようと思ったのは初めてのことだ。

「こいつ、どうしたの。捨て猫か？」

状況的に見て真柴はそう判断した。真っ白い子猫は比較的きれいだし、ケガもなさそうだが、少しばかり痩《や》せているようだ。子供たちが猫を囲んで悲痛な顔をしているとなれば、自《おの》ずと状況は知れる。

事実、子供たちは大きく頷いた。

「ママが飼っちゃだめだって」

「そっか」

言われて捨てに来たものの、やはり離れがたくて動けなかったというわけだ。

「こんなに寒いのに、置いてったら死んじゃうよ」

「うーん、可哀想だよなぁ」

死ぬかどうかはともかく、確かに置いて帰るにはあまりにか弱い存在だ。女の子の膝の上で丸くなっている子猫を見て、真柴は小さく嘆息した。

気がつくと、年長の女の子がじっと真柴を見つめていた。

「猫好き？」

「ああ、うん」

「この子飼ってくれませんか。お願いします」

ぺこりと頭を下げると、一拍置いてから釣られるようにしてほかの二人も口々にお願いしますと言った。

「あ……いや、でも俺は……」

言いかけて口を噤《つぐ》んだのは、子供たちの目があまりにも真剣で、いまにも泣きだしそうだったからだ。

子供は好きではないし、できれば関わりたくない存在だと思っている。特にこの、相手を信用しきっているような目は苦手だ。

「千倉さんのマンションって、ペット可ですか？」

「え？　あ……確か、ＯＫだったような……」

「じゃ、すみませんけど週末のあいだ預かってもらえませんか。そのあいだに俺、なんとか飼い主探します」

「は？　どう……どうして」

ひどく焦《あせ》った様子の千倉に、また新たな一面を見た。思わずこぼれそうになる笑みを噛《か》み殺し、溜め息まじりに続けた。

「俺んち、ペット不可なんですよ。子猫を預かったら、この子たちも安心して家へ帰ると思うんですよね」

「それは……」

言いだしたのは千倉だ。そう言外に含ませると、千倉はちらりと子猫を見やり、すぐに視線を外した。

心なしか顔色がよくない。しかも明らかに狼狽《ろうばい》している。

充分にわかっていながら気づかない振りをして、真柴はもう一押しした。

「大丈夫ですよ。千倉さん一人に押しつけたりしませんって。俺も面倒みます。なんだったら、泊まりこみましょうか？」

「あ、ああ……それは、助かるけど……」

「じゃ、決まりね。っていうことで、いいかな。俺たちが飼うって約束はできないけど、絶対に捨てたりしないからさ」

「本当？」

「うん。猫、超好きだから、そこはガチ」

力強く言いきると、ようやく子供たちは安堵《あんど》を見せた。そうして一番小さい子が、おずおずと子猫を真柴に差しだしてくる。

抱くとふわふわで、自然と真柴の頬《ほお》は緩んだ。

「名前つけた？」

「うん。ミルク」

「ああ、真っ白だもんな。メス？　オス？」

「男の子だよ」

「おー、そっか。よし、行くかミルク」

心配そうな子供たちに大丈夫だと笑いかけ、真柴は彼らを公園の外へと促した。千倉は黙ってついてくる。

猫をそのまま抱いた状態では電車にも乗れない。タクシーでもそう大した距離ではないだろうと、ちょうどやってきた車を拾った。猫と一緒に乗りこむ姿を見て、子供たちはいくぶん強《こわ》ばっていた表情をさらに和らげた。

行き先を告げ、走りだした車の中から後ろを振り返ると、子供たちが千切《ちぎ》れんばかりに手を振っている。

軽く手を振り、真柴は前を向いた。

「行く前に、ペットショップかディスカウントショップみたいなとこで、買いものしたほうがいいですよね」

「え？」

「いや、餌《えさ》とかトイレとか。仮って言っても、ないと困りますよ」

「あ、ああ……」

千倉はドアに張りつくようにして座っている。不自然な距離感だが、理由はもうわかっていた。

「猫、嫌いですよね？」

「っ……」

千倉はわずかに目を瞠り、じっと真柴を見つめた。

「やっぱり」

「……態度に出てた？」

「思いっきり。でもなんで？　っていうか、なにがだめ？」

「厳密に言うと、嫌いなわけじゃないんだ。子供の頃は好きだったし」

千倉は溜め息をつき、窓の外へ視線を向けた。思いを馳《は》せているとか、バツが悪くて逃げたわけではなく、単純に猫のいないほうへ視線を向けた感じだった。

「なんかあったんですか」

「……六歳くらいのとき、父の実家でちょっと……あって」

「えーと、かなり聞きたいんですけど」

黙っていたらそのままにされそうな気配がしたので、真柴は積極的に突っこんでいく。ただの興味ではなかった。隙のなかった人に初めて見えた隙だから、どうしても見すごしたくなかったのだ。

嘆息して、千倉は口を開いた。

「猫がいたんだ。大きな三毛猫《みけねこ》で……田舎《いなか》の古い家だったから、たぶんあちこちに猫が自由に出入りできる場所があって。それで、夜中に変な音がして目が覚めたから、音のするほうを見たら、その猫が僕の枕もとにいたんだ。それで、バリバリ言いながらすごい大きな鯉《こい》を食べてた」

「は？」

「池で狩りしたみたいで。四十センチくらいあったかな」

語る千倉の表情はわずかに歪《ゆが》んでいる。あまり思いだしたくないことのようだ。

「……それはまた、ワイルドな」

「うん。前からネズミとか捕ってきてたんだけどね。あのときもちょっと引いたな。食べるときの音が、聞こえてきて……骨嚙み砕いてますって感じで……」

「ああ……」

「その夜も、黒い鯉がぼんやり見えてて、猫の目が光ってて、生臭くて。鯉の腹が食いちぎられてて、食べてる音とかが、こう……生々しくて」

「つまり、トラウマなんですね」

「たぶんね。だから、嫌いっていうよりも怖いんだ」

子供の心には強烈なできごとだったのだろう。微笑ましい方向に受け取ることもできそうだが、幼い千倉にとっては恐怖でしかなかったらしい。

「さっき三毛猫って言いましたよね。ってことは、メスですよね？」

「そうじゃないかな」

「もしかして、一緒に食べなさいって意味だったのかも。ほら、母性本能とかで。ま、わかんないですけどね、とりあえず向こうは好意だったんじゃないですか。わざわざ枕もとまで運んできたわけでしょ。でっかい鯉を。別にどこで食べたっていいはずなのに」

「そう……だね」

千倉は意外なことを聞いたような顔をしてから、神妙に頷いた。二十年も抱えてきたものだから、そう簡単に払拭《ふっしょく》されるとは思えないが、おそらくは好意だっただろう猫の気持ちは汲《く》んだようだ。

真柴は携帯電話をいじり、運転手に行き先の変更を告げた。千倉の自宅からほど近いところにペットショップを見つけたからだ。

それから二十分ほど走り、車はペットショップの前で止まった。動物病院も併設している店だった。

「トイレと砂と餌ですよね。食器はどうします？　使わない皿とかあったら、それでもいいと思いますけど」

「手頃なのはないかもしれない」

「じゃ、それも。仮なんで、とりあえずそのくらいかな。あ、それとキャリーもあったほうがいいか」

真柴は子猫を抱いたまま店へ入っていき、店員に事情を話して必要最低限のものを揃えてもらう。そのあいだ千倉は一歩引いたところで待っていた。店内にはフードやグッズのほかに、子犬も子猫も売っていたが、後者の数は圧倒的に少ない。千倉は犬は大丈夫らしく、ガラス越しにじっと子犬が遊んでいる様子を眺めていた。

小さめのキャリーに子猫を入れて肩にかけると、見えなくなったからなのか、千倉が近づいてきた。

「これ持ってくれますか。ちょっと嵩張《かさば》るけど」

「軽いから大丈夫だよ。砂も」

「それは俺が持つんでいいですよ」

砂は一番容量が少ない袋を選んだから、さほど重くない。支払いをすませて店を出ると、すっかり外は暗くなっていた。

「えーと、わりと近いはずですよね。方角的には、あっちであってます？　駅は確か反対のほうなんで」

「……わからない」

千倉は店の前で立ちつくしていた。

地図で見た限り、店から千倉の自宅までは二百メートルもないはずだ。だいたいの方角も真柴は覚えているが、さすがに正確な道までは覚えていなかった。千倉が案内してくれるだろうと、よく見ておかなかったからだ。

「あれ、でもかなり近所でしょ？　駅と家とのあいだだし」

「ここは通ったことのない道だから」

「いやでも、二年住んでるんですよね？」

「住んでるけど……」

千倉はかなり困惑していた。視線が落ち着かないのが証拠で、どこか途方に暮れているようでもある。

「とりあえず歩きだしませんか。方角的にはそっちですよ。そっちの道に出たら、知ってる道に出るかもしれないし」

真柴に促されるまま千倉は歩きだした。しきりに周囲を見ているが、不安そうな様子は隠し切れていない。

辻《つじ》へ出ても千倉の表情に確信めいたものが載ることはなかった。

「ここ、四丁目ですけど、千倉さんもですよね？」

「……うん」

どうやら頼りにならないらしい。さっさと諦《あきら》め、真柴は携帯電話を取りだすと、地図を呼びだして道を確かめ、歩き始めた。

辻からまっすぐ歩いただけで、千倉のマンションの裏手に出た。おそらく駅までのルートと平行に走る道のはずだ。

エントランスの前に出ると、千倉はあからさまにほっとしていた。

「千倉さんって、もしかして方向音痴《おんち》ですか？」

「…………」

途端に彼はバツの悪そうな顔をした。

「やっぱそうなんだ。まぁ、そうですよね。でもいままで何度も外へ出てるけど、大丈夫でしたよね？」

「事前にチェックして、いやってほどシミュレーションしておくんだ。地図とか、あと写真マップ見て、道順覚えて」

「ははぁ……」

大変そうだな、というのが半分だった。あとの半分は微笑ましい気持ちだ。必死に予習している姿を想像すると楽しくなってくる。

笑いをこらえながらエレベーターのボタンを押そうとすると、千倉はさっさと階段を上り始めた。

エレベーターは一階にいたが、別に階段でも問題はない。上層階ならばともかく、千倉の部屋は三階だという。

「真柴はエレベーター使って」

「いや、いいですよ別に。体力には自信があるんで」

「ああ……そうだろうね」

「それにしても健康的ですね。いつもですか？」

「うん、まぁ」

どこか歯切れの悪い返事にピンと来た。ここまでいくつかのパターンを見てきたせいか、察しがよくなったようだ。

「まさか、エレベーターも苦手だったりして」

ある程度の確信を持って言うと、千倉は一瞬返答に詰まった。だが表情はあまり変わらなかった。

「別にエレベーター自体が苦手なわけじゃない」

「じゃ、なんですか？」

「それは……」

誘導尋問にまんまと引っかかったことに気づき、千倉は小さくはっと息を呑む。どうやら今日は隙だらけらしい。子猫がきっかけで、いろいろと緊張の糸が切れてしまったようだった。

溜め息をつき、千倉は観念した様子を見せた。

「狭いのがだめなんだ」

「あー、閉所恐怖症ってやつですか」

「息苦しくなるんだよ」

「それもなんかトラウマとか？」

「違うんじゃないかな。思い当たることはないし」

小さく嘆息しながら千倉は階段を上りきり、部屋の鍵を取りだした。一応ディンプルキーだが、ロックだけ新しく付け替えているようで、ドア自体は年季を感じさせる。マンションそのものは築年数がたっていそうだ。

「だから三階なんですか？　足で上り下りするから？」

「……うん」

「会社のエレベーターとかは平気なんですか？」

「箱が少し大きめだから、なんとか」

「あー、なるほど。それじゃ、でかいエレベーターがあるマンションだったら、高層階に住めるんだ?」

問いを重ねると、ドアロックを外した千倉が真柴を見た。

その目は妙に落ち着いていた。動揺は見えない。どうやら千倉は、すっかり開き直ったらしかった。

「高いところは無理」

「は?」

「高所恐怖症なんだ。この高さより上だと窓に近づけなくなるから、エレベーターが大きくても無意味」

さらりと言って、千倉は部屋に入っていく。

一瞬虚をつかれた真柴だったが、慌ててあとに続き、靴を脱いで上がりこんだ。「おじゃまします」と言うのも忘れない。

部屋はワンルームで、真柴のところとそう広さは変わらなかった。ただしきちんと片づいている上にものが多くないから、こちらのほうがずっと広く見えた。

「ええと、とりあえず猫はキャリーから出さないほうがいいですよね」

「ずっとそれに入れておくわけにもいかないだろ?」

「まぁ、そうなんですけど」

「だったら出さないと」

いいながら千倉はベッドの上に乗りあげた。

「いや、それじゃ避難したことにならないですよ。猫、簡単に飛び乗りますよ」

「気持ちの問題だ」

「はいはい」

真柴が笑いながら頷くと、千倉はムッとした顔をした。さらに笑って無視されでもしたらいやだから、黙ってキャリーバッグを開けて猫を見ることに専念する。

かなり警戒しつつも、子猫は外に興味を示していた。やがてそろりとキャリーバッグから出てきて、うろうろと歩きまわり始めた。

千倉はベッドの上で硬くなっていた。直視したくないのか、視線は猫に向かってはいないが、神経がすべてそちらに向かっているといった印象だ。

「トイレの設置、どこにしますか？」

「あ……じゃあ洗面所に」

「わかりました」

「僕がやるからいいよ。真柴は猫をかまってて」

「ああ、はい」

言われた通りに子猫の注意を引いてかまっているうちに、千倉はトイレの設置をして戻ってきた。

かなり猫を気にして、その動きに注意しながらベッドまで戻った千倉は、座りこんだ膝上を掛け布団で覆い、猫よけをした。

じゃれつく子猫を手で転がしてあやしながら、真柴はじっと千倉を見つめた。

見る限り怯《おび》えている様子はない。ただ腰が引けた状態であることは間違いなさそうだ。

「外で猫に会ったときはどうしてたんですか」

「別にどうもしないよ。わざわざ近寄ってくる猫はいなかったし」

「ああ、まぁそうですよね。でも昔は猫好きだったわけですよね？　これ……ミルク、可愛《かわい》いって思わないですか？」

「思うよ」

「ちょっと触ってみませんか？」

返事はなかった。本当にいやならば千倉ははっきりそう言うはずだから、彼のなかに迷いがあるということだろう。

「……考えとく」

「無理しないほうがいいか。それより、メシどうしますか？」

「猫を置いて行っていいなら、近くに洋食屋があるけど」

「あ、前に言ってたとこですよね？　超行きたいっす。こいつ、たぶん三ヵ月くらいだと思うし、置いていっても大丈夫ですよ。とりあえずちょっとトイレの場所教えてきますね」

真柴は脱衣所兼洗面所へ行き、トイレのなかへ猫を下ろした。そうして餌の缶詰を皿にあけ、水を用意して少し離れたところへ置く。いろいろ用意しているあいだに、猫は新しいトイレで用をすませていた。

「千倉さーん、いらないタオルないですか」

大声で呼びかけると、ややあって千倉がやってくる気配がした。そうしてそろりと様子を窺《うかが》うようにして、タオルを差しだしてきた。

「これ」

「ありがとうございます」

キャリーバッグを開いてタオルを敷き、急ごしらえの寝床にすると、玄関の近くに置いた。このくらい離しておかないと千倉が落ち着けないだろう。玄関と部屋のあいだには短い廊下があるから、ドアを閉めておけば就寝中に猫が入ってくることもない。

「そういえば、ここって布団とか……」

「っ……！」

息を呑むというよりは悲鳴に近い声がして、後ずさった千倉がぶつかってきた。とっさに抱き留めると、驚愕《きょうがく》に目を瞠る千倉はしっかりと真柴の腕をつかみ、硬直して足もとに視線を向けている。

千倉の足に子猫がじゃれついている。震えてはいないものの、千倉は完全に固まってしまっていた。

抱いた身体《からだ》は思っていたよりもずっと華奢《きゃしゃ》だった。そしてなぜかとてもいい匂いがする。香水の類《たぐい》ではない。そんなきつい香りではなく、もっと自然な甘い香りだ。

「なんか……いい匂い」

「え？」

腕のなかで千倉が顔を上げたから、まるでキスするような距離で見つめあうことになった。まつげが長い。そして目がとてもきれいだ。深くて澄んでいて、まるで吸いこまれてしまいそうになる。

「真柴？」

「あ……いや、なんでもないです。ええと……大丈夫ですか？」

「ああ、うん」

千倉は足もとの子猫を気にしていた。まだ抱きしめられていることなど、まるで意識していない様子だ。

子猫は千倉の足のすぐそばに座りこんでいる。だから千倉は動けないのだ。

「大丈夫、怖くないです」

宥《なだ》めるように囁《ささや》いて、真柴はぽんぽんと千倉の背中を叩く。少し惜しいなと思いながらその手を離し、千倉から子猫を遠ざけることにした。

子猫は真柴の手のなかでミャーミャーと鳴き、それを千倉はじっと見つめている。かなりの緊迫感が漂っていた。

「ねぇ千倉さん。こいつは怖くないですよ」

「……わかってる」

「三毛じゃないし、オスだし、子供だし」

重ねて言うと、千倉は黙って頷いた。だからといって手を伸ばすことはしないし、その場から立ち去ることもしなかった。

だから真柴も子猫を抱いてそこから動かずにいた。

「あと、鯉捕ってきたりはしないです」

「うん」

思わずといったように千倉は笑った。くすりという声が聞こえたような気がした。

「メシ、行きましょう。こいつ抱いてますから、先に外へ出てていいですよ」

「ありがとう」

千倉は着替えることもなくバッグだけ持って外へ出ていき、真柴は子猫をキャリーバッグのなかに下ろすと、ペットショップで買ってきたオモチャを与えて部屋を出た。

千倉の少し後ろをついていきながら、真柴は感心した。

あらためて千倉を眺めていて、また新たな発見があった。彼はただ細いだけでなく、全体のバランスはとてもいい。頭も小さいから、頭身も高めだ。

(実はかなりレベル高いじゃん)

あれだけ間近で見たが、肌も相当きれいだった。体毛もきわめて薄いようだ。髪だって艶《つや》々《つや》でさらさらで、唇だってうっすらと色づいていて柔らかそうだった。

人が振り返るような美形ではないが、いやみのない、すっきりとした顔立ちだ。男くささはなく、むしろ男にしておくのが惜しいと思う部分が多々ある。

(なんだろう……なんか、後ろ姿とか抱きしめたくなる……)

だんだん危ないことを考え始めているのを自覚し、真柴ははっと我に返った。

いつのまにか千倉は並んで歩いていた。いくらよく知った道だとはいえ、先へ立って歩くことには抵抗があるようだ。

「近いんですか?」

「三分……くらいかな。近いよ」

目的の店は駅のほうへと歩いていき、脇道に入ってすぐのところにあるらしい。

駅までの道はほぼまっすぐだった。マンションを出てすぐ左に行くと大きな道に出るから、あとはひたすらまっすぐ歩くだけだ。このシンプルでわかりやすい道順こそが、千倉にとっては大事なのだろう。

「あのマンションにしたのって、いかに駅までの道が簡単かって理由でしょ」

「……そう」

「ま、いい環境ですよね。この道一本だけで、全部すみそうですもんね」

なるべく軽い口調で言ってみたが、千倉の態度は変わらなかった。どこか強ばっていて、涼しげな表情の下で動揺が続いていることが窺えた。次々と弱点が露呈したことで、バツが悪いのかもしれない。

店はかなりわかりやすいところにあった。

少し時間が早いこともあり、店内はすいていた。隅の席に座り、手書きのメニューを開くと、迷うほど多彩な料理名が並んでいた。

「うわ、これは確かに制覇したくなる。千倉さん、いつもなに頼んでるんですか？」

「だいたいナポリタンかオムライス……」

「ケチャップ系っすね。うーん、それもいいな。でもドリアも食いたいし、ハンバーグもうまそう。あー、オニオングラタンスープがある」

目移りしてなかなか決まらない真柴を、千倉はくすりと笑って眺めている。いつもの彼にようやく近くなってきたが、表情の豊かさはやはりいままでとは違った。

「千倉さんはどれにした？」

「ナポリタン」

「じゃ、それとサラダ。オニオングラタンスープとハンバーグとドリア……か、チキンライスだな」

「そんなに？」

「だってサラダは一緒に食うでしょ。で、スープとおかずとメシ」

「そう聞くと普通だね」

千倉は笑いながら店員を呼び、淀《よど》みなくオーダーをしていく。だが最後の一品になって、視線を真柴に送った。

「えーと、ドリアのライスって、ケチャップライスですか？　バターライス？」

「ケチャップライスになります」

「じゃ、ドリアで」

店員がオーダーを復唱して去っていくと、千倉はメニュースタンドにメニューを戻し、向かいに座る真柴をじっと見つめた。

千倉はもの言いたげな顔をしていた。

「バターライス、嫌いなのか？」

「嫌いじゃないですけど、ドリアはケチャップライスじゃないといやなんです。それより、どうやったら猫嫌いって治るんですかね」

「だから嫌いじゃないんだよ」

「ああ、怖いんだっけ。どうしたもんかなぁ……」

「いまのままでも別に支障はないよ。それより飼い主を見つけないと」

「メシ食ったら、片っ端からメールしてみますよ。あ、その前に写真か。見合い写真だから、可愛く撮ってやんなきゃな」

ミルクは可愛い顔をしているから、それほど苦労はしないだろう。写真の前に、汚れも落としたほうがいいかもしれない。

「真柴は猫が好きなんだね」

「好きですよ。犬も好きですけど、生活スタイル的に猫かなって。俺、結婚したとしても子供いらないんで、猫欲しいです」

「子供苦手なんだっけ」

「責任持ちたくないんですよ。だから、デカイ犬とかは無理だな。ちゃんと躾《しつ》けないと、人に迷惑かかるかもしれないし。まぁ夢ですけど」

一応真柴にも思い描く将来図というものがある。ずっと一人で生きていくつもりはなく、いずれはパートナーを得て一緒に暮らし、家のなかを猫が歩きまわったり、そこらで丸くなって寝ていたらいいと思うのだ。

ただしパートナーの具体的なイメージはまったくない。できれば騒がしくない人がいいという程度だ。

「夢っていうにはささやかじゃないか？」

「いいじゃないですか、ささやかな夢ってやつで」

冗談めかして笑ってみたが、やはりそれは真柴にとって簡単に手に入るものではなかった。そうたやすく幸せは手に入らないものだ。

ずっと広く浅くの人間関係だった。一緒にいたいとまで思う相手を、果たして自分が作れるのか自信がない。

変な雰囲気にならないように気をつけて、他愛もない雑談をしていると、注文したサラダが運ばれてきた。もともと二人で食べるつもりだったそれを突《つつ》いているうちに次々と料理は運ばれてきた。

ハンバーグは鉄板に載ってじゅうじゅう音がしているし、ドリアもスープもオーブンから出したばかりといった具合に熱そうだ。

「そういえば千倉さんって、優雅に食べますよね？」

「……は？」

「いや、いつもゆっくりっていうか」

いまだってナポリタンを少しずつ、ゆっくりと巻いては口に運んでいる。

「そうでもないと思うけど」

「それ、一口いいですか。あ、ハンバーグもドリアもうまいですよ。あとスープもどうぞ。熱々のうちがうまいんで」

「あとでもらうよ」

やんわりと言って、千倉は自分の頼んだものだけを食べ続けた。

もらったナポリタンを咀嚼《そしゃく》しながら、真柴は少し引っかかったことを考えてみる。

先日もこんなことがあった。居酒屋でも千倉は真柴が勧めたものに口を付けず、自分で注文したものばかりを食べていた。

他人のものに口を付けたくない、というわけではない。ランチのときに勧めた冷製パスタは食べたし、いまだって真柴がナポリタンをもらっても平気そうだ。なにより会社でまわし飲みもしていた。

そうなると、問題は味だろうか。ドリアはたまにきらいな人がいるし、オニオングラタンスープも可能性としてはある。だがハンバーグは以前ランチでも頼んでいたはずだ。しかもここの味は、ランチを取った店のものより確実にいい。

違いはなんだろうか。真柴は鉄板を見て、はっと気づいた。

「……もしかして、猫舌だったりします？」

ぴたりと千倉の手が止まる。それから目線だけが上がり、真柴を捕らえた。だがもの言いたげな目は、なにも言わないまま落とされてしまう。

千倉は黙ってフォークをくるくると動かした。

「や、別にからかおうとかじゃなくて、事実確認です。それなら俺も無理に勧めたりしないし、これからメシ食いに行くときだって、配慮ってもんができるじゃないですか」

千倉はふたたび手を止め、小さく嘆息した。

「そうだよ。熱いのがだめなんだ。それに、辛いものもだめだし」

「え？　あ……そういえば……」

以前食事したときをよく思いだしてみて、真柴は納得した。あのとき勧めたのは確かピリ辛なものだった。

「熱いのと辛いのがだめなんですね。ほかには？」

「特殊なものじゃなければ大丈夫だけど」

「わかりました。あ、そうだ。これ食いませんか」

真柴はハンバーグを一口大に切って、千倉の皿に載せた。鉄板から外してしまえば、まもなく温度も下がるはずだ。

しばらくして千倉は冷めたハンバーグを口に運んだ。

思わず笑みがこぼれそうになる。

この二時間ほどで千倉のいろいろな表情を見ることができたし、新たな一面を知ることができた。隙がなくてつまらないと思っていた千倉は、実はおもしろいほど弱点があり、一つ知るたびに真柴は楽しくなってきてしまった。

本人は言わないし、真柴も突っこんで訊くつもりはないが、おそらく千倉は食の嗜好も子供のそれに近いのだろう。いわゆるお子様味覚というやつなのではないだろうか。

「なんか、千倉さんって、あれだよね。そんな顔して、実はめちゃめちゃ可愛いっすよね」

「は？」

にこにこしながら真柴は告げるが、千倉の反応は希薄だ。怪訝《けげん》そう、というよりも、胡乱《うろん》な目をして真柴を見ていた。

「いいよ、うん。可愛い」

「いや……いろいろ突っこみどころが満載なんだけど。そんな顔とか、可愛いとかって、一体なんの話？」

「千倉さんのギャップの話。千倉さんって、いっつも涼しい顔してるじゃないですか。自分は常に冷静ですー、なんでもできますー、欠点も弱点もありませーん……的な。なのに実は弱点てんこ盛りでおもしろい。可愛い」

はい、と言いながら、真柴はドリアをスプーンですくって冷ましたものを、千倉の口もとへ持っていく。

「おもしろいはわかるけど、可愛いはないよ」

「ありですよ、あり。どうぞ、うまいですよ」

勧めると、少しためらったあと千倉はスプーンに手を添えて、ドリアを口に入れた。

一度可愛く見えてくると、なにもかもがそう思える。もぐもぐと与えたものを食べている姿もそうだ。

意外性がたまらない。会社の人間は千倉を一様に評価しているから、きっと誰も彼の素顔を知らないのだろう。

「いろいろ誤解があったみたいです」

「誤解？」

「うん。俺、千倉さんのこと、おもしろみのない人だなーって思ってたんですよね。クールで隙がなくて、って。でも違ったな。あ、冷静だったり、なんでもできたりするのは、本当ですよね。ただ、弱点がいろいろあるってだけで」

いまは違うのだと知って欲しかったのに、千倉は苦笑を浮かべた。だがそれはあまり苦々しくはないもので、深刻さは感じられなかった。

「うん、欠点だらけだからね」

「違う違う。いまのは褒め言葉。で、千倉さんのは欠点じゃなくて弱点ですよ」

「弱点……」

戸惑う千倉に笑いかけ、真柴は頬杖をつく。

目の前にいるのは、線は細いがどこからどう見ても男だし、人目を引くような美貌の持ち主でもない。だが充分にきれいだ。表情がもっと豊かだったら、さぞかし印象も変わってくるだろう。

「なんか、千倉さんって、萌え」

「も、萌え？」

千倉は面食らい、まじまじと真柴を見つめ返した。

「うん。ギャップ萌え、みたいな」

にっこり笑って告げてみるが、千倉は意味がわからないといった顔をした。言葉そのものの意味は知っているだろうが、自分への言葉として理解できていないのだろう。

やがて、はぁと溜め息が聞こえた。

「真柴って変だね」

「そうですか？」

「変だよ。どこをどうやったら、僕がそんな対象になるの」

「思っちゃったもんは仕方ないじゃないですか。なんかね、怒濤《どとう》の新発見にやられちゃったみたいです」

一つ弱点を知るたびに、少しずつ千倉が魅力的に見えていった。だめな部分を見たら普通はマイナスになっていくはずなのに、なぜかいちいちプラスに思えた。

それは彼の弱点が、彼の人格に起因するものではないせいかもしれない。本人にも言ったように、けっして欠点ではないからだろう。

千倉は困ったように笑みを浮かべた。

「やっぱり変だよ。変わってる」

「うーん」

「変わってるけど、真柴はちゃんとした子だよね」

「子、かぁ」

四つ下ならばそう言われても仕方ない、とは思う。まして千倉は先輩だ。だがおもしろくなかった。

「正直に言うと、君をつけるって言われたときは、厄介なのを押しつけられたなって思った。絶対に波形があわないって思ってたからね」

「波形？　波長じゃなくて？」

「同じようなことだけど……つまり、別次元の人間みたいに、きっといろいろなことが重ならないんだろうなって思ったんだよ。でも違ってた。君といると、楽な気がする」

千倉自身も戸惑っている様子だった。そんなふうに感じている自分が信じられないのかもしれない。

真柴だって不思議だった。

なんで千倉のことをもっと知りたいと思っているのだろう。なんで千倉の素の呟《つぶや》きに、こんなに胸が騒いでいるのだろう。

「俺たち、気はあわないかもしれないけど、きっと波形はあうんですよ」

「……そうかも」

普通だったら、いくら家が近くても、仕事を離れてまで行動を共にしようとは思わなかったはずだ。少なくとも真柴はそういうスタンスで生きてきた。仕事とプライベートはきっちりと分けてきた。仕事で関わる相手と、必要以上につきあうことはなかったし、プライベートな関係に仕事を持ちこむこともなかった。

千倉はいままでと違う存在なのかもしれない。

予感が確信に育つのは早かった。だがその正確な意味までは、真柴自身にもまだわからなかった。

休日は時間が流れるのが早く感じる。

いつもそうだが、今回は特にそうだった。猫を拾った頃から始まり、三日目の夜を迎えるまで、本当にあっという間に過ぎてしまった。

真柴はさっきから忙しくメールを打っている。まだ子猫——ミルクの引き取り手が見つからないからだ。

「簡単だと思ったんだけどなぁ」

真柴同様に、千倉も思いつく限りの知りあいにメールを送り、誰かいないかと問いかけたが、いまのところいい返事はない。写真に対して可愛いという反応があったり、どうしたのと問いかけてきたり、知りあいに当たってみる、というリターンがあっただけだ。

金曜の夕方から真柴はずっとここにいる。一度着替えを取りに自宅へ戻ったが、あとはずっとここでミルクの世話をしていた。

真柴がいないあいだ、千倉は一時間ほどミルクとこの部屋にいた。外へ出ていようとも考えたが、覚悟を決めて部屋に留《とど》まった。だからといって、急にミルクに触れるようになったわけではないが、とりあえず見ている分には大丈夫になった。

ミルクは可愛い。小さくてふわふわとしていて、父親の実家の猫とは見た目からしてかなり違った。声もか細く、見るからに頼りない存在だ。将来的にはともかく、いまは絶対に鯉は捕れまい。いや、そもそも部屋で飼っていれば、絶対に鯉など捕っては来ないのだ。

（あれは特殊な例）

たまたまあの猫がワイルドだっただけのことだ。そして真柴の言う通り、好意で鯉を持ってきてくれたのかもしれないのだ。千倉はあの猫と仲がよかった。よしんば好意でなかったとしても、悪意があったわけではないだろう。

何度も千倉は自分に言い聞かせた。ミルクは怖くない。むしろ可愛い。

「……真柴」

「なんですか？」

すぐに真柴は顔を上げた。先輩を相手に、メールを見たままでは失礼だと思うらしい。このあたりは本当にきちんとしていた。

「メール、もういいよ。見つからなかったら、僕が飼うよ」

「は？」

真柴は唖然《あぜん》とし、まじまじと千倉を見つめる。

「大丈夫。撫《な》でたり抱っこしたりは無理だけど、餌やったりトイレの掃除するくらいならできると思うし」

「いや、でも千倉さん。こいつ甘えて来ますよ？　腹減ったりしたら、絶対すり寄って来ますよ？」

「う……いや、でも……」

せっかくの決意が揺らいでいく。だが彼は水を差しているわけではなく、本気で心配して忠告してくれているのだ。

「千倉さんが飼ってくれたら俺は嬉しいけど、無理することないですよ。神経すり減らすようだったらマズイし」

「そんなことないと思うよ。三日でだいぶ慣れたし……可愛いとは思ってるし」

「でも怖いんでしょ？」

真柴は心配そうだが、どこか期待感を漂わせてもいた。おそらく彼にとって、千倉のもとにミルクがいることがベストなのだろう。

「少しだよ。それも多少は薄くなったしね。なんていうか、三日も一緒にいたら情が移ったというか、よそへやるのが心配というか」

千倉は部屋の片隅に視線をやった。

真柴の使った布団が畳んで重ねてあり、ミルクはその上で気持ちよさそうに眠っている。洗面所のキャリーバッグは気に入らなかったようで、昼間はあんなふうに寝ているし、夜は真柴の布団に潜りこんで寝ていた。

真柴もまたしばらく無言でミルクを見つめ、最後の確認をしてきた。

「本当にいいんですか？　俺がいなかったら、寝るとき千倉さんのとこに入っていくかもしれないですよ？」

「廊下に布団ごと出しておくよ」

少し可哀想だと思わないでもないが、ミルクが気に入っているのは布団であってこの部屋ではないだろうからと納得することにした。

真柴はふうと溜め息をついた。

「じゃ、見つかったって一斉送信しますよ？」

「うん」

朝からずっと考えて出した結論だ。ためらうことなく千倉が頷くと、真柴はメールを打ちなおして送った。

携帯電話を置いて向きなおった真柴の顔は、かなり複雑そうだった。

「無理だと思ったら、すぐ言ってください。なんとかします。あと、俺もできる限り協力します」

「うん、ありがとう」

「ええと、それじゃもう少し買い足さないとだめですよね。ちゃんと飼うんだったら、爪研ぎとかオモチャとかもいるし。キャットタワーもあったほうがいいかな。あ、そうだ。その前に獣医に行って診てもらわないと」

「ああ、そうか」

「確か結構遅くまでやってましたよね。ちょっと預かってもらって、そのあいだにメシかな。

近くにパスタ屋があったから、そこ行きませんか。千倉さん知らないでしょ」

実際に知らないので、千倉は黙って真柴についていくことにした。このマンションと駅への大きな道と、そこから少し入ったところくらいしか千倉は知らないのだ。だからペットショップが歩いて二分のところにあることも知らなかった。

ミルクをキャリーバッグに入れて、まずペットショップ併設の獣医に連れていった。検診と予防接種などの処置を頼み、ショップでいろいろなものを買った。支払いはすませ、大きな商品はあとでミルクと一緒に引き取りに来るということにし、千倉たちは食事に向かった。

レストランはすぐ近くで、千倉のマンションからほんの百メートルほどの場所らしいが、さっぱり方向はわからない。一人で来いと言われても無理だろう。

店は二十人も入ればいっぱいになってしまう小さな店で、テーブル席は一つしか空いていなかった。日曜日のせいか、家族連れが目立った。

「おー、すげぇ種類。ここも制覇したくなるな」

「ミルクに会いにまた来るんだろ？」

「もちろん。あ、でも名前、いいんですかそれで。千倉さんが飼うんだったら、つけなおすのもありですよ」

「別にいいよ」

考えるのはやぶさかではないが、なんとなく気恥ずかしいのも事実だ。いまの名前で不自由があるわけでもない。

「センスもないしね。僕に任せたら、シロとかタマとか、そういうのになるよ」

「それはそれでいいじゃないですか」

真柴は軽く声を立てて笑い、メニューを千倉に渡した。

確かに種類が豊富だ。ソースも多いし、パスタの種類もいくつかある。サラダやメインなどもあるようだ。しかもメニューには辛さの目安となるマークもついていた。

注文をすませると、真柴は買ってきた小さめのグッズを見た。猫のオモチャがいくつか袋に入っている。

「やっぱ心配だな。子猫だし、興奮すると噛んだりするかもしれないですよ。猫キックとか、あと弾みで引っかいたりとか」

「そっちは大丈夫だと思うんだ。たぶん、暗闇で目が光ったり、狩った獲物を食べたりっていうのが問題な気がする」

「鯉は捕りようがないですけど、虫くらいならやるかもしれないですよ。あと、もしかしたらベランダで鳥とか」

「うーん……虫ならいいけど鳥はちょっと……」

目の前で獲物を食われたら、さすがに無理だろう。ミルクが小さいから恐怖心が薄いということもあるし、たとえ子猫でもミルク以外では同じ部屋にいることさえ無理かもしれないのだ。

「なんとか克服してみるよ」

「期待してます。頑張れ」

妙に力を入れて励まされ、千倉は苦笑を浮かべた。もしかすると、真柴は猫を増やそうと目論《もくろ》んでいるのかもしれない。

「それはそうと、なんで真柴はペット可のマンションにしなかったの」

「いや、飼うつもりなかったですし。って、いまもないですけど」

「人に飼わせて、自分は好きなときだけかまう作戦だな」

「いや、まぁその通りですけど。あ、ちゃんと費用は俺が出しますからね。餌代とか医者代とか、ちゃんと請求してくださいね」

真柴は本気のようだった。確かに子供たちからミルクを引き取ったのは彼だが、飼うと決めたのは千倉だ。これ以上払わせる気はなかった。

「もう充分だよ。一式揃えてもらったし」

「だって餌なんか食ったらなくなるし、砂だって減りますよ。いや、ほんと、気分的には半分俺の猫ですから、ちゃんと出しますって。普段の世話、千倉さんに任せちゃうんで、これだけは譲れないです」

「わかったよ」

まったく引く様子を見せない真柴に、千倉は仕方なく頷いた。話を続けても押し問答になるだけだと思ったからだ。

満足そうに頷いて、真柴はけろりと続けた。

「会社帰りに会いに来ますって。で、ここと洋食屋のメニューを制覇します」

本気なのか冗談なのかわからない宣言を聞き、千倉はくすりと笑みをこぼした。


真柴は週末ごとに押しかけてくる。

さすがに毎日というのは冗談だったようだが、平日でも立ち寄ることはあり、しかもその際には必ず千倉を食事につきあわせた。

メニューは二店とも、三分の一は注文ずみだ。千倉はいつもだいたい同じなので、真柴は一人で挑戦していた。

「今日、どうします？」

「いつものところでいいよ。それとも、別のところを開拓する？」

「それもいいなぁ」

結局マンションからの徒歩圏内を、あてもなくぶらぶらと歩いてみることにした。

真柴の入社から二ヵ月近くがたつが、私服姿になると真柴はやはり会社員にも見えない。派手な格好をしなくても目立つ人間は目立つのだ。友人にそういうタイプがいるからそれはわかっていたが、真柴の場合は一般人とは違うオーラのようなものがある気がする。

散歩がてら二十分ほど歩いたところで、ダイニングバーと銘打った店が見つかった。しゃれた居酒屋といったところだろう。よさそうな雰囲気だったので入ってみて、あれやこれやと注文をすませる。すると真柴は携帯電話をいじり始めた。こうやって対面しているときに彼が電話をいじるのは珍しいことだった。

「あー、やっぱこうやって見ると、でかくなってる」

「え？」

「ほら」

見せられた画面にはミルクが写っていた。千倉の家へ来た日に、真柴が「見合い写真」だと言って撮ったものだ。

「本当だ……毎日見てると気づかないものなんだね」

「ですよね」

真柴の笑顔は相変わらず屈託がない。千倉のことを慕ってくれるのも相変わらずだ。

次々と弱みを知られたとき、最初は厄介なことになったと思っていた。優位に立たれてしまったという気持ちだった。

だが真柴の態度は変わらない。いや、変わらないというのは間違いだ。彼はいろいろと気遣ってくれ、ときにはフォローもしてくれる。外へ出るときはもちろん、同僚たちとランチを取るときも、辛いものや熱いものに苦労しないように店をセレクトしてくれる。彼が決めるわけではないのだが、実にうまく誘導するのだ。

毎日会社で会い、週末も一緒にすごす日々が、もう一ヵ月以上続いていた。他人とこんなに密に接したことなどなかった。普通なら疲れそうなのに、真柴とはそうでもなかった。むしろ楽だとさえ感じている。

自分を取り繕う必要がないせいなのだろうか。弱点を知られてしまい、素でいられるせいなのだろうか。

「どうかしたんですか？」

「なんか、ずっと真柴といるなと思って」

「ああ、そうですよね。俺、家族以外とこんなに長く一緒にいるの、久しぶりですよ」

なにげない言葉に、つきんと胸が痛くなる。いや、痛いというほどのものじゃない。重たい石を呑みこんでしまったような感覚だ。

「あ、違いますよ。違いますから……！　選手時代のこと言っただけですよ。練習あったし遠征もあったしで、チームメイトといつも一緒だったんですよ」

「あ……ああ」

なにをそんなに焦っているのか、真柴は妙に言い訳がましかった。

「彼女とかじゃないですから」

「そんなに必死にならなくても……」

言いながら、千倉はふと胸が軽くなっていることに気がついた。真柴の必死な様子に気分がほぐれたのかもしれない。

「いや、なんとなく……。もう俺、引っ越そうかなぁ。千倉さんのマンション、どっか部屋空いてないですかね」

「さぁ」

真柴はよほどミルクに会いたいらしいが、そもそも同じマンションに引っ越せばペットが飼育可能になるわけだから、彼が引き取ればいいだけのことではないだろうか。同じでなくても、探せば似たような条件のマンションはあるだろう。

話しながら待っていると、店はみるみる混んできて、気がつけば満員になっていた。ドリンクも料理も出るのは早いし、食べてみるとまずまずの味だ。なにより価格が低いので人気なのだろう。

「でも、あれだな。通いつめるってほどじゃないかな」

「真柴って意外とシビアだね」

「だって金出してメシ食うんですよ。雰囲気込みで気に入ったとこじゃないと、通う気にはなれないですよ」

「ここ雰囲気悪い……？」

思わず問いかけたときに、真柴の視線が千倉から外れた。千倉の斜め上を無表情に見たと同時に、声が聞こえた。

「やっぱそうだ、真柴じゃん。真柴圭太。ファルコーネの」

声を発した若い男はテーブルに手をつき、じろじろと不躾《ぶしつけ》に真柴を見つめた。声はそう大きくないが、酔っているらしいことはすぐにわかった。若干ろれつがまわっていないし、顔も真っ赤だ。

おそらく大学生くらいの歳だ。真柴とそう変わらないのは間違いなさそうだった。知りあいでないのは、真柴の態度が教えてくれる。そして男がかつてのチーム名を言うからには、サッカー選手としての真柴を一方的に知っていると考えられた。

「なんでおまえ、こんなとこいんだよ」

男の言葉に、千倉は思わず眉をひそめた。男が酔っているからではなく、無遠慮に話しかけてきたからでもない。男の言葉や表情に刺々《とげとげ》しさを感じたからだ。第一声からしてそうだった。昔のファンが嬉しくて近寄ってきた、というわけではなさそうだった。

「いまどこでなにやってんだよ。すっかり一般人かよ。で、こんなとこで安い酒とメシ食ってんの。真柴圭太がさ」

どんな言いがかりなんだと男の顔を見るが、彼は千倉など視界にも入っていない様子で、ただ真柴を見つめていた。

そして言いがかりをつけられている真柴は、感情の浮かんでいない目で男を見つめ返すばかりだった。

「バカじゃねーの。くだらねぇケガしやがってさ、試合なんかほとんど出てねぇじゃん。たった五試合だぞ、五試合。しかも最後の一試合なんか二十分じゃん。ふざけんなよ」

くだを巻く男はテーブルに手をついていなければ立っていられないほど、ふらふらと身体を揺らしている。連れはなにをしているんだと思っていると、さすがに遠目にもまずい状況なのがわかったのか、友達らしき男がやってきた。

「そろそろ戻れって」

「うるせぇな。俺はこいつに言わなきゃなんねぇことがあんだよ」

「あー、なんか本当にすんません」

連れ戻しに来た青年はバツが悪そうにぺこぺこと頭を下げ、酔っぱらいを羽交《はが》い締《じ》めにして自分たちの席に戻っていく。どうやら十人近いグループで訪れているようだ。男はまだ騒いでいたが、やがてその声も聞こえなくなった。

ちらちらと店内の客がこちらを見ていて、なかには真柴のことに気づいた者もいたようだが、さすがに話しかけてくるような者はいなかった。

真柴はとうとう反論しなかった。いや、反論どころか口を開きもしなかったし、表情も人形のように見せなかった。

千倉が黙っていたのは、当の本人が黙っているのに、ろくに事情を知らない人間が口を挟んでも、いいほうにも転がらないだろうと思ったからだ。

「すみません」

「なんで真柴が謝るの」

「いや、空気悪くしちゃったし」

「悪くしたのは真柴じゃないだろ」

こんなふうに謝られることすら理不尽に思える。もちろん真柴に対する感情ではなく、さっきの男へのものだ。

「出ましょうか。食事を楽しむ気分でもないでしょ」

「……うん」

そして二度とここへは来ないだろうと思った。店に責任はないが、来ればこの不快な気分を思いだしてしまいそうだった。

店を出て、夜道を歩いているうち、千倉はとうとう我慢ができなくなった。

「好きでケガするわけないじゃないか」

気がついたら思わずそう呟いていた。こんなに憤りを感じたのは、もしかして初めてかもしれない。

千倉は昔から、あまり怒ったことがなかった。不愉快になったり、理不尽さに気分を害することはあっても、怒りというほど強い感情になることはほとんどなかった。

だがいまは違う。悔しくて腹立たしくて、とても黙ってはいられない。すでに言いがかりをつけてきた青年はおらず、ここにいるのは言われ放題だった真柴だけだ。彼に言っても仕方ないのに、口は止まらなかった。こんなことは初めてだ。

「一番悔しいのは真柴なのに、どうしてそれがわからないんだ。なんで赤の他人にあんなこと言われなきゃならないっ？」

「そうですね」

真柴の声は予想していたよりもずっと穏やかで、千倉は思わず眉根を寄せる。当事者であるはずの真柴は、さっきからずっと冷静だ。

これではいつもと逆ではないか。

ふいに一人で怒っているのが恥ずかしくなり、息を吐いて憤りの感情を静めた。

「どうして黙ってたの」

一番尋ねたいことはそこだった。

「言ってること自体は、ほとんど事実だったんで」

「でも」

「別にいいんです。あの頃はもっとひどいこと言われたし、どっちみち昔のことだし。今日は、むしろ嬉しかったです」

場違いなほど表情が柔らかい真柴を、つい千倉は睨《にら》みつけてしまった。

「なにが」

「俺のために千倉さんが怒ってくれてるでしょ。なんかそういうの、嬉しいです」

真柴は本当に嬉しそうに笑みを浮かべている。へらへら笑っていると言ってもいいくらいの顔だ。

あんなことを言われ、どうして笑っていられるのか。千倉にはとても理解できなかった。

やけに機嫌のいい真柴と、感情の持って行き場がなくて困惑している千倉は、互いに黙って歩き続ける。

一人で怒っているのがバカらしくなって、ようやく千倉は肩から力を抜いた。

ふと視線を流した先に不動産屋があった。チェーンの店舗で、店の前に置いてある冊子は自由に持っていっていいものだ。それをさっと取ると、千倉は真柴の手に押しつけた。

「ええ?」

「ミルクを引き取りたいんだろ?」

「違いますよ……! なんですか、それ。近くに越してこようかなって言っただけですって。いや、ほんとに」

真柴の困った顔を見て、少し気が晴れた。そのまま自宅に帰り着き、いつものように思い思いにすごした。

真柴はミルクと遊んでいるし、千倉はテレビを見る。今日は見たいような番組がない。とりあえず消しはしないが見る気もなく、持ってきた賃貸情報誌をめくった。

残念ながらこのマンションの入居者募集はなかったが、近くにはいくつか物件がある。さらにめくっていくと、真柴の住むあたりの情報になった。

「あ……」

記憶力はいいほうだ。だから真柴が教えてくれた住所は覚えているし、一度だけ前を通ったときに見た外観もしっかりと記憶している。

真柴のマンションには空きがあるらしい。それはいいが、問題は載せられている情報にあった。

これは一体どういうことなのか。

「真柴」

「はい？」

「これ、真柴のマンションだよね？　ペット可になってるけど？」

情報誌を広げたまま目の前に突きだしてやると、真柴はバツの悪そうな顔をした。少し目が泳いでいた。

「あー……そういえば空きあったなぁ。そうか、六階か」

「同じマンションで、条件が違うのか？　それとも嘘ついてたのか？」

目を見すえて問いを重ねると、やがて真柴は観念し、困ったように溜め息をついた。もう肯定したも同然だった。

「……嘘つきました。すみません」

そう言って、ぺこりと頭を下げた。

「どうして」

「や、でも俺んとこで飼えないのは本当ですよ。マンションの問題じゃなくて」

「飼えなくても、預かるくらいできるだろ」

ミルクに怯えていた千倉よりも、ずっとマシな世話ができたはずだ。真柴は狭いこの部屋に寝泊まりする必要もなく、自宅で思う存分寛《くつろ》げたに違いない。

「あー、でも自分のとこに置いといたら、手放せなくなっちゃうんで」

「飼えばよかったじゃないか」

「そのへんは、まぁ……ちょっと、事情がありまして」

まただ、と思った。ひどく苦々しいその表情を見ると、千倉はもうなにも言えなくなってしまう。

真柴は明るい男だ。それは本当だが、それだけではない。

いつも笑っている真柴を見て、最初は悩みも憂いもないからだと思っていた。だが違った。なにも考えていない、あるいは感じていないから、常に笑っているわけではなく、強いから笑っていられるのではないか。千倉はそう思うようになっていた。

経験してきたものが違うのだ。そう実感することがしばしばある。年は四つも下だが、温《ぬる》い人生を好んで送っている千倉とでは、人生そのものに厚みの差ができるのは当然だろう。もちろん経験すればいいというものではないが、真柴の場合はちゃんと糧《かて》になり、彼自身を成長させていると思う。ときどき、まるで年上の人間と接しているような気分になるのはそのためだろう。

事情があるのならば仕方ない。追及は諦めることにした。

「真柴って……波が高い気がする」

「は？　ああ、こないだの波形の話ですか？」

いきなりの話題転換にも、真柴はしっかりついてきた。

「そう。いまのは全体的な話。人生そのものっていうか」

「うーん、そうですねぇ。山あり谷あり……の、山も少し高いかもしれないけど、谷も深いのかもなぁ。あ、でも最近はそうでもないですよ。すっげー緩やか」

ずいぶんと嬉しそうだ。つらい目にあったせいなのか、なにもない平坦な日々が魅力的に思えるのだろうか。

「千倉さんは、起伏が緩やかな感じですよね」

「うん」

生まれてからずっとそうだった。千倉自身、山あり谷ありの人生を送るつもりはない。地味な自分に相応《ふさわ》しく、平坦でありきたりで静かな人生を歩むのが理想なのだ。

だがそんな自分に対して、少しばかり思うところがあるのも事実だ。真柴のような人間への憬《あこが》れがないとは言えなかった。

「自分でも面倒くさいって思うんだけど、自分の人生に劇的なことが起きればいいのに、っていう気持ちはあるんだよ。でも同時に絶対にいやだ、って思ったりもする。自分で踏み出す気もないのにね」

どうやっても真柴のようにはなれないし、なりたいとも思わない。けれども羨《うらや》む気持ちも捨てきれないのだ。こうやって千倉は一生、平凡な自分の平坦な人生に小さな不満を感じつつ、それなりにやっていくのだろう。

「劇的……か。それって、どんなの？」

「わからないよ。漠然としてるんだから」

目の前にいる真柴は、そこそこ起伏の激しい人生だろうが、劇的なのかどうかはわからなかった。

「じゃ、大恋愛なんていうのはどうですか。身を焦がすような……ってやつ」

「身を焦がすような恋……ねぇ」

それこそ無理だ。千倉のなかには確固たるイメージというものがある。千倉にとっての大恋愛は、一番近い友人たちのような恋なのだ。ほかにもあるだろうが、身近なのはそこだから、基準も自ずとそこに置くことになってしまう。

「……性格的にそうならない気がする。いままでもそうだったし」

「先のことはわからないじゃないですか」

なぜだか真柴はムッとして視線を外し、ミルクをかまい始めてしまった。それきり会話は途切れて、妙な空気が流れ始める。

うだうだとつまらない話を続けていたせいだろうか。

ふっと息をついてチャンネルを替えると、にぎやかなバラエティ番組になった。千倉は見たくもないそれをじっと眺めて、微妙な空気が薄れるのを待った。


「なんか雰囲気変わったな」

二ヵ月ぶりに会った友人に、開口一番にそう言われた。

金曜日の夜、高校時代からの友人・嘉威雅将《かいまさゆき》は、少し驚いたような顔をしてから、意味ありげに笑った。

「春が来たか？」

「来ないよ。猫なら来たけど」

向かいあって料理を突きながら、千倉はことさら素っ気なく返した。

本当はもう一人、高校時代の後輩であり友人であり、嘉威の恋人でもある者も来る予定だったのだが、急な用事で無理になった。嘉威と二人だけで飲むのは久しぶりだった。

「猫？　このあいだ、飼い主探してたあれか？」

「うん。僕が飼うことにしたんだ。可愛いよ。写真、見る？」

「いや」

「可愛いのに」

見ないなんてもったいない。本気でそう思った自分がおかしくて、千倉はくすりと笑みをこぼした。少し前までの自分からは想像もできないセリフだ。自分から触ることはしないが、寄ってきたらオモチャを使ってあやせるくらいには猫に慣れた。もともと好きだったものだから、ほかの弱点に比べると、克服は楽なのかもしれない。

「猫好きだったなんて初めて知ったぞ」

「うーん、猫好きっていうか、まぁ普通にね。成りゆきなんだよ。週末だけ預かるってことで来たんだけど、三日いたら情が移っちゃって」

「なるほどね。ちょっと違って見えたのは、そのせいか」

「そんなに違う？」

「違うな。せっかくネタが出てきたと思ったのに、雰囲気が柔らかくなったのは子育てのせいかよ」

「ネタって……」

どうせ恋人への土産話にでもするつもりなのだろう。嘉威たちはさんざん拗《こじ》れた末のカップルで、千倉も数年にわたってそれを見守ってきた。基本的には一歩引いたスタンスだったのだが、目に余ったときは口も出したし、行動も起こした。ほとんどすべてを知っている千倉だから、嘉威としてはそろそろ千倉の恋愛話も握っておきたいのだろう。

「おまえって彼女がいるときも、そうじゃないときも、同じなんだよなぁ。テンションがまったく一緒なんだよ」

「そうだね」

「淡白すぎるって。草食なんてもんじゃねぇだろ。むしろ草だろ」

「まぁ、そうかもね」

とりあえず異論はないので頷いておいた。

嘉威は千倉の彼女を二人とも知っているが、いつつきあい始めて、いつ終わったのかは、まったくわからなかったという。確かに千倉の気持ちに大きな変化はなかった。始まりは相手からの告白を受けた形だったし、終わるときだって、切りだされた別れに対して頷くだけで終わったからだ。

千倉の人生が平坦なものなのは、感情が平坦だからなのかもしれない。あるいは逆に、人生がそうだから、感情のほうもそうなのか。

千倉はじっと友人を見つめた。

相変わらず嘉威という男は眩《まぶ》しいまでに華やかだ。道行く人が振り返るような美形だし、いろいろなことに貪欲《どんよく》だ。特に恋人に対する情熱は凄《すさ》まじく、激しい執着を理性で必死にコントロールしている感がある。

だからそれまでの恋愛も平坦なものではなかったのだろうか。いや、あれは嘉威の悪行のせいだから、テンションとは関係ないかもしれない。

「よく改心したよねぇ」

「なんだよ、藪《やぶ》から棒に」

「しみじみとね。友達としてはともかく、男としては、人でなしだったじゃない。真幸《まさゆき》が三行《み》半《くだりはん》叩きつけるくらいに」

「う……いや、そうだけど……」

一途《いちず》なのは嘉威も真柴も一緒だが、きっと真柴だったら、嘉威のように何年もかかって成就するようなことにはならなかっただろう。やはり人間というものは普段の言動が大事だということだ。一度なくした信用は、そう簡単に取り戻せるわけではない。

同じといえば、容姿のレベルという点でも、真柴は嘉威に負けていなかった。身長もだいたい同じくらいだ。

「嘉威は……そうやってスーツ着て会社にいても、変じゃないよね」

「は？」

「いや、テレビに出てても不思議じゃないルックスなのに、会社員としても馴染《なじ》んでるから、なんでだろうと思って」

美形度で言ったら嘉威のほうが真柴よりも高いだろう。だとすれば原因は顔立ちではなく、まとう雰囲気なのかもしれない。

「なに言ってんだ？」

「ああ、ごめん。急にふっと思っただけだよ。今年入った後輩にね、スーツ着て会社にいるのが似合わない子がいるから」

嘉威と一緒にいるのに、気がつけば真柴のことばかり考えていた。毎日一緒にいるのだから当然なのかもしれないが。

訝《いぶか》しむ嘉威を適当にあしらって話題を変え、お開きになるまでは、ここにいない嘉威の恋人の話に終始した。

また来月にでもという言葉を交わして解散したのは十時頃だった。

電車一本で帰れるというのは、やはり便利でいい。久しぶりに本を読みながら電車に揺られ、着いた駅の近くで買いものをして、自宅へ戻った。

部屋の窓からはわずかに明かりがもれていた。カーテンがきちんとしまっていないのだ。

今日のことを真柴に言ったら、ミルクに会いたいから留守宅に上がっていいかと問われた。そして合鍵を要求された。

そんなにミルクに会いたいのかと呆《あき》れながらも、世話をしてくれるのはありがたくもあり、今朝そっと合鍵を渡したのだ。猫のためとはいえ、真柴が毎週末に千倉の家へ通っているなどと知られてもいいことはないだろう。

「ただいま」

鍵をかけて声をかけても返事はなかった。靴はあるから出かけているわけではないし、水音もしない。

短い廊下を進んで奥へ行くと、まず長ったらしい脚が見えてきた。そして全身が見えたとき、千倉は思わず笑みをこぼしてしまった。

大の大人が子猫を抱いて眠っている。本当は眠った真柴の脇にミルクが入りこんだのだろうが、結果だけ見たらまさしく「抱いて寝ている」だ。酒を飲んだらしく、空き缶が三つばかりテーブルに置いたままだ。

「可愛い」

思わず呟いてから、千倉は少しうろたえる。

ミルクに対してではなく、いまのは真柴に対して言ってしまった。まさかこんな図体の大きな、二十三になろうかという男のことが、可愛いはずがないではないか。

とにかくまずは起こす必要がある。このままでは風邪をひくかもしれないし、どかして布団を敷かなくてはならない。

「真柴」

動揺をごまかすように声を張ると、反応したのは呼ばれた本人ではなくミルクだった。か細い声で鳴き、起きあがって伸びをして、とことこと歩き始める。

一瞬硬直した千倉だったが、ミルクは横を素通りして洗面所へと向かった。水でも飲みに行ったのかもしれない。

ふっと息をつき、千倉は真柴の傍らに膝を突いた。

「真柴、風邪ひくよ」

「んー……」

ぼんやりと目が開いて、焦点のあわない目が千倉を見つめる。

「えっ？」

行動はいきなりだった。真柴は千倉の腕をつかんで引っ張ると、倒れこんだ千倉を難なく抱き留め、ためらうことなくキスをした。

唇が重なり、何度か啄《ついば》んだあとで、深く求められた。舌が入りこんでくる感触に、嫌悪感は覚えなかった。

長い腕は千倉を捕らえて離そうとしない。

貪《むさぼ》るようなキスに、じわじわと快感が這《は》い上がってくる。

キスで感じるなんて初めてだ。たぶん千倉がしてきたキスは、精神的な意味あい以外で相手を満足させたことなどなかったのだろう。もともと自信はなかったが、いま決定づけられてしまった。

これが本当のキスだ。そう思うくらいに真柴のそれは違っていた。

「ふ……」

小さく息をついた途端に、真柴ははっと息を呑んだ。

これ以上ないほどの至近距離で目があって――もちろん近すぎて見えるわけもないが、とにかく数センチの距離で互いに止まったあと、真柴はがしっと千倉の両腕をつかみ、勢いよく身体を起こした。

「すみませんっ！」

真柴は顔色をなくし、声も少し裏返っていた。

「あ……ああ、うん」

「俺、寝ぼけてっ……さ、酒も入ってたし……！」

「大丈夫だよ。気にしないで。彼女と間違えちゃった？」

多少なりとも千倉も動揺していたが、ここは軽く流してしまうに限るだろう。

かなり焦っていた真柴も少しは落ち着いたらしく、バツが悪いのか少し苦い顔をしていた。寝ぼけていたとはいえ男にキスしてしまったのだから無理もない。

やがて彼はぽつりと言った。

「千倉さんって、こんなときでも超冷静」

自分一人でうろたえていたのが、よほど恥ずかしかったのか、真柴の様子はまるでむくれた子供のようだった。

「だってキスでおたおたするような歳じゃないからね。さすがに驚いたけど」

「……驚いただけ？　いやじゃなかったんですか？」

「え、別に……」

いやだと言ったら失礼な気がしたし、実際にいやではなかったから、そこはすんなりと否定した。

そう、少しもいやではなかったのだ。そんな自分に千倉は困惑していたが、あくまで胸の内に留めておいた。真柴に言ってどうなるものでもないだろう。

真柴は大きな溜め息をついた。

「ちょっと風呂借りていいですか。すっきりしたいんで」

「ああ、うん。タオルはいつものところだから」

「はい。あ……それと」

出て行きかけた真柴は振り返り、やけに真剣な顔をして言った。

「俺、いま彼女いないですから」

言い残して去っていく真柴の後ろ姿を見送り、千倉は一人になった部屋で小さく嘆息した。

無意識に指先が唇を押さえていた。

キスなんて久しぶりだ。枯れているなと自分でも思う。

だからなのか、ほんの少しだけ胸が騒いでいた。

「じゃ、頼むよ」

やけに力の入った上司の言葉に見送られ、真柴は千倉とともにオフィスをあとにした。訪ねるのは提携を求めるメーカー〈ハナムラ〉だ。

老舗《しにせ》のメーカーで、創業者でもあるデザイナーの花邑千英《はなむらちえ》はすでに七十を超えている。高級な部類のブランドだが、昨今は子会社からカジュアルブランドも立ち上げ、高級路線との二極化を図っているという。

すべて事前に得た知識だ。出向く前にも資料を渡されたのだ。

「でもなんで〈ハナムラ〉なんですかね。子会社のほうは若向きだけど、やっぱ〈ハナムラ〉っていうと、おばちゃん向きってイメージですよ。あ、それは言い方が悪いか……ええっと、高級っていうか、金持ちの奥様向きっていうか」

「同感だけど、上の決定だから仕方ないよ」

千倉は電車を乗り継ぎ、駅からの道を迷うことなく歩いていく。事前に調べたのかまったく危なげない足取りだ。

最近は外出のとき、千倉は真柴に道案内を任せ、自分はあとをついてくることが多くなっていたというのに。

それだけ気合が入っているということだろうか。もちろん大事な打ち合わせだし、真柴だって意気込みはある。だがすたすたと歩いていく千倉を見ていると、なんとなくつまらないと思ってしまう。

本社は思っていたよりも小さかったが、そもそも本社は東京駅から徒歩圏内であり、しかも自社ビルだ。感心しながら、真柴は千倉のあとに続いた。

「二時からお約束しております、株式会社アシリスの千倉と申します」

「はい、承っております」

受付嬢はにっこりと笑い、すぐに内線を入れた。その笑顔はどう見ても営業スマイルではなく、千倉への好意を感じさせるものだった。

もやもやとした不快感が胸の内に広がる。

感情の正体はわかっていた。どう考えてもこれは嫉妬《しっと》だ。

やはりそうなのかと思う。いつからか真柴にとって千倉は特別な存在になり、ただの好意は恋愛感情へと形を変えていたらしい。薄い自覚は少し前からあったが、たったいま確信してしまった。

最初はギャップをおもしろがっていただけなのに、気がつけば千倉に夢中になっていた。

いつも隙のない彼が真柴には素の自分をさらし、油断しきって無防備になるのがたまらない。頼る目をしてついてくるのが可愛いし、苦手な食事を前にしたときの、途方に暮れた様子が愛《いと》しい。

細い身体を思いきり抱きしめたい。キスをして、服を脱がして、肌に触れて、すべてを自分のものにしてしまいたい。

だが思うだけだ。抱きしめるのとキスは寝ぼけてやってしまったが、その先なんて夢のまた夢だった。

なにしろ千倉にはその気がない。同性が恋愛対象になるなんて、知らないんじゃないだろうか、と思うほどだ。

平気で目の前で着替えるし、風呂上がりにはタオルを巻いただけで出てくる。そのたびに真柴の理性と忍耐は焼き切れそうになっているが、千倉はそんなことなど想像もしていないだろう。

先日のキスだってそうだ。まさかあんなにあっさりと「大丈夫」だなんて流されるとは思っていなかった。もう少し動揺してくれてもよさそうなものなのに、あれからも千倉の態度はまったく変わらない。

「応接室へどうぞ、とのことです」

「ありがとうございます」

礼だけ言うと、千倉はすたすたとエレベーターホールへ向かった。

「ちょっ……千倉さん。応接室って、場所わかるんですか？」

「五階だよ」

さらりと答えたあと、しまった、という表情になった。真柴は見逃さなかった。

「来たことあるんですか」

「何度かね」

溜め息をついてから、千倉はエレベーターに乗りこんだ。そしてドアが閉まるのを待っていたように、彼は続けた。

「花邑千英は僕の祖母だ。で、現社長は僕の母」

「は……？」

「だから何度も来たことがあるし、提携先に〈ハナムラ〉が選ばれた。ついでに言うと、僕の異動もそのあたりの事情だろうね」

いつもの淡々とした口調に、特別なことを言ったという様子はない。だが真柴は唖然としてしまった。

とんでもないお坊ちゃんではないか。学費を自分で作ったなどと言うから、てっきり実家はあまり裕福ではないのだろうと思いこんでいた。いかにも育ちがよさそうなのはわかっていたが、それは貧富とは関係のない部分での、家庭の穏やかさゆえだと思っていた。

「マジですか」

「うん」

「千倉さん、ご令息ってやつじゃないですか」

「それは違うよ」

五階でエレベーターを降り、千倉について歩いていく。最近では珍しく前を歩く千倉は、肩越しに真柴を見た。

「家自体は普通の家庭だよ。祖母はともかくね」

反論しようと口を開きかけたとき、千倉は立ち止まってドアをノックした。そしてためらわずにドアを開けた。

「失礼します」

応接室は一言で言えば豪奢《ごうしゃ》な作りだった。真柴にとってはヨーロッパ調のインテリア、としか表現のしようがないが、〈ハナムラ〉というブランドのイメージにはぴったりだ。花柄の布を張った椅子やソファは彫刻の施された木のフレームで、傷一つないが年代もののようだ。天井から下がっている照明もガラスを使ったアンティーク調のもので、壁の絵なども高そうに見えた。

そして待っていたのは、いかにも品がよさそうな老婦人と、四十歳くらいだろうと思われる男性だった。

（いきなり会長出てきた……！）

年格好と、この場にいることから考えて、老婦人の正体は花邑千英その人だろう。どことなく千倉に似ているようだ。彼女は慈愛に満ちた目で千倉を見つめている。隣にいる男性も同様だった。

千倉は「はぁ……」と溜め息をついた。

「出勤なさっていたんですね」

「可愛い孫に会いたかったのよ」

「孫なら隣にいるじゃないですか」

千倉の言葉に、真柴は驚きつつも納得した。十歳以上離れた兄がいると言っていたから、きっとそれだ。

「あら、だって可愛くないんですもの」

「ひどいな。ああ、まずは座って。ほら、まずおまえが座らないと、彼も困るだろう。まだ紹介もしてもらっていないよ」

「する暇もなかったじゃないか……」

千倉はふたたび溜め息をつき、真柴を見やった。視線で促《うなが》されるまま、真柴は千倉と並んでソファ——というより長椅子に座った。

すでに会社員の体裁はどこかへ行ってしまい、家族のなかに赤の他人がぽつんと入っている構図となっていた。千倉としては、あくまでアシリスの社員として接するつもりがあったようだが、相手によって打ち砕かれてしまったらしい。

確かに仲の良さそうな家族だ。短い時間でもそれはわかった。

「あの、それで彼は真柴圭太くん。僕の後輩です」

少し迷ってから、千倉は真柴を先に紹介した。あくまで形だけでも仕事で来たのだという体裁を保つことにしたらしい。肉親はあとまわしになった。

「花邑会長と、株式会社CHアルファの千倉専務。ようするに僕の祖母と兄だ」

「初めまして、真柴圭太と申します。千倉先輩には、いつもお世話になってます」

立ちあがって頭を下げてから、名刺を交換した。そこには千倉が言ったとおりの肩書きが印刷されていた。

ファッション業界に身を置く二人は、どこかしら華があるように見える。それは先入観によるものかもしれないが、少なくともスポーツ界にどっぷり浸かっていた真柴には縁がなかった雰囲気に思えた。

「まぁ、ずいぶんと素敵な方ね。雰囲気があるわ」

高名なデザイナーは、穴があくかと思うほどじっと真柴を見つめる。探るでも観察するでもなく、なにかを見きわめようとでもしているような目だった。

「モデルの経験はおあり？」

「いいえ、まったく」

「会長。彼は、元サッカー選手じゃないかな。ねぇ、そうでしょう」

「はい。結果は出せませんでしたけど」

どうやら千倉の兄は知っていたようだ。あまり歓迎できることではなかった。真柴は選手としての自分の評判が悪いことを知っている。実力の問題ではなく、素行が悪いというレッテルは、剝《は》がす機会もないまま終わったからだ。

「まぁ、そうなの」

「ケガをして引退したんです。いまはすっかり真面目な会社員ですよ。それに優秀です」

千倉は淡々と言った。なにも知らない祖母への説明なのか、それとも悪評を知っているだろう兄へ向けたフォローなのかは、よくわからなかった。

「ケガをなさったの？　もう完治されたのかしら？」

「はい。もう昔のことですから」

「おいくつなの？」

「二十二です」

「あら、それじゃきっとつい最近のことね。若い方とわたしでは、時間の感覚が違うのよ」

花邑千英は品よく笑い、労《いたわ》るように真柴を見つめた。

笑うとやはり千倉に似ている。どことなく千倉の品がいいのは、この祖母から受け継いだもののようだ。同じものは、顔立ちがまったく違う兄にもあるが、目の前に座る二人が千倉と違うのは、きらきらとした粉をまいているようなその雰囲気だ。

馴染めない。場違いだ。そう思って千倉を見ると、彼もまたひどく居心地が悪そうな様子だった。

肉親を前にしているのに。案内がいらないほど、何度も来ている場所だというのに。

（千倉さん……？）

そんな千倉が気になって仕方なくて、真柴は商談のあいだ、隙を見ては何度も千倉の様子を窺った。


一時間ほどで〈ハナムラ〉のオフィスを出て駅まで歩きつつ、真柴は隣を歩く千倉を見た。いつもと同じ横顔は、繊細なラインを描いていて、やはり彼の祖母とよく似ていた。男女の、そして加齢による違いはあるものの、千倉が総じて祖母似であることは確かだ。

そして兄は、顔立ちだけでなく骨格自体も千倉とは違うことがわかった。とても兄弟には見えなかった。

「お兄さんが子会社の専務なんですね」

「そう」

もらった名刺を見たとき、真柴はなぜ千倉の兄がいるのかを察した。提携はカジュアルブランドを持つ子会社が受けるということなのだ。

支障はなかった。子会社が持つカジュアルブランドは、〈ハナムラ〉の姉妹ブランドとしての知名度があるから、アシリスの目論見《もくろみ》は果たされる。

「何歳ですか？」

「三十七。ちなみに姉は三十四で、元モデルのデザイナー」

「資料にはそこまで載ってませんでしたよ。やっぱ自分で調べるんだったな。なんかすごいですね、千倉さん」

「すごいのは僕の家族であって僕じゃないよ」

さして意味のある言葉ではなかったのだが、返ってきた答えの抑揚のなさに、真柴はぎょっとした。

感情を含まない、冷静な声だった。いや、本当に含んでいないかどうかはわからない。上手に隠しているだけという可能性はあった。

「僕を除いて、かなり煌《きら》びやかな家族でね。父も若い頃はモデルをやってて、いまはメイクアップアーティストをやってる。僕だけ平凡なんだよ」

「でもそれは仕事が会社員ってだけでしょ」

「そういうことじゃなくて、存在自体がって意味。僕はあのなかには入って行けないし、行きたいとも思わないけど」

居心地が悪そうにしていた理由がわかってしまう。疎外感とは違うものなのだろうが、千倉はきっと長いあいだ、自分は異質なものだと思ってきたのだろう。

「ええと……家族とは仲いいんですよね？」

以前確かにそう聞いたし、さっきまでの様子から見ても、末っ子だという千倉が可愛がられているのは間違いなさそうだ。向こうはけっして千倉のことを異質だと思っていないのではないだろうか。

千倉はふうと息をついた。

「仲はいいよ。疎外されてるわけじゃないしね。ただ、華やかなあの人たちとは、根本的に違うんだ。だから別の世界で生きていきたいって思ってる。大学のことも、そういうこと。今回は関わっちゃったけどね」

先日の話を思いだした。高い山も深い谷もない、緩やかな曲線を描くように過ごしたい、という話だ。

千倉は真柴が初めて会うタイプの人間だ。押し出しが強くないところが一緒にいて心地いいし、基本的には頼りになるのに、弱点がそこかしこにあるのがいい。

ミルクが可愛いのは事実だし、最初はそれだけだったが、いまや口実と化している。千倉はまったく気づいていないだろうが。

もっと千倉のことを知りたい。もっと話したい。まっすぐ会社に戻ってしまうのは、あまりにももったいなかった。

「千倉さん。コーヒーでも飲んで行きませんか」

「え？」

「少しくらい、大丈夫ですよ」

目についたカフェに強引に誘って入り、真柴はコーヒーを頼んだ。千倉はカフェモカで、真柴以外の者がいたら、絶対に頼まないだろうメニューだ。

自分だけが千倉のいろいろな顔を知っている。

それはたまらない優越感であり、いまのところ真柴の欲求を抑える大きな要因となっていた。この恋が成就しなくても、誰より近くに自分があればそれでいい。なかば無理にそう思おうとしていた。

「実は、どうしても訊きたいことがあったんです」

「訊きたいこと？」

「はい。だから、強引にここ入っちゃいました。なんか待てなくて」

それは応接室にいたときから、訊きたくてたまらなかったことだ。

「なに？」

「さっき、俺のこと説明しましたよね。ケガして引退して……って。あれ、もしかして俺のフォローですか？」

「急にどうしたの」

千倉はコーヒーを静かに飲んで、カップを置いた。その澄ました顔が、真柴のなかの確信を高めた。

「正直に言ってください。千倉さん」

「……わざわざ寄り道してまで話すことじゃないと思うけど」

やれやれと溜め息をついてから、千倉は視線を真柴に向けた。

早く早くと、真柴の気は急《せ》いた。望む通りの答えを、早く千倉の口から聞きたい。期待感はきっと顔にも出ていただろう。

千倉はふたたびコーヒーのカップに目を落とした。

「変な先入観があったら仕事がやりにくくなるかもしれないだろ」

「やっぱり……」

おまえのためだ、なんて言葉は最初から期待していなかった。千倉にその意思があったのならば、それでよかった。

自然と顔が笑み崩れ、気づいた千倉は盛大に呆れた。

「だらしない顔」

「なんとでも言ってください」

胸が熱くなった。庇《かば》ってくれたこともだが、千倉が真柴のことを信頼してくれているのが、たまらなく嬉しい。

「ありがとうございます」

「お礼言われるようなことじゃないよ」

「や、でも嬉しいんで。だって取引先の専務ってだけじゃなくて、千倉さんのお兄さんなわけだし」

よくわからないとばかりに千倉は怪訝そうな顔をする。

説明する気はなかった。真柴自身でもよくわからないことだったから、気分よくここはコーヒーを飲むに限る。

幸せな一時は、千倉が帰ると言いだすまでの二十分ほど続いた。


「もう着いたの？」

聞こえてきた千倉《ちくら》の声に、足が止まった。

仕事を終え、会社を出ようとしたときだった。誰かに話しかける千倉の親しげな調子に、足は動かなくなっていた。

盗み聞きするつもりなんかない。だがその場から動くこともできなかった。

いくら行動をともにすることが多いとはいえ、彼らは社内で四六時中、一緒にいるわけではない。当然だが、今日も別行動を取っていた。

千倉は少し前を歩きながら電話を続けた。向かっているのは、普段使う駅とは違う方向だった。

「いまから行くから、待ってて。改札に……え？　だめだよ。橋の上なんて無理に決まってるじゃないか。うん……わかった、それじゃ」

口調からしてかなり親しい相手のようだ。しかも相手は千倉が高所恐怖症だと知っているらしい。

急にムカムカして、いますぐにでも千倉の肩をつかんでこの場に留《とど》めたくなった。だが足は根が生えたように動かず、みるみる千倉の姿は遠ざかる。真柴《ましば》がいることなど、彼はまったく気づいていない様子だ。

(落ち着け、俺)

相手は家族かもしれない。家族ならばあの口調も自然だし、彼の弱点を知っていて当然だ。そう、肉親や親類ならば。

無理に思いこもうとしても、気持ちはまったく晴れなかった。すでに姿が見えなくなった千倉に意識はもっていかれたままだ。

自宅へ向かえばいいと思うのに、足は動かない。このまま帰ったら、真柴はいつまでもこの不快な気分を引きずらなくてはならなくなる。

気がつくと足早にＪＲの駅へと向かっていた。

そして千倉の姿が遠くに見えてきたときには、すでに駅前へとやってきていた。改札口がはっきりと見える。

こちらを向いて立っていたスーツ姿の男に、千倉はまっすぐ近寄っていった。

真柴は千倉の後ろ姿ばかり見ていて気づかなかったが、その男はかなり周囲の注目を集めながらそこにいたようだ。

自然と足が止まっていた。後ろから歩いてきていた通行人に迷惑がられ、ほとんど無意識に道の端へ寄った。

遠目にも待っていた男が群を抜いた容貌《ようぼう》であることはわかる。身長はだいたい真柴と同じくらいだろうが、年齢は千倉と同じくらいに見えた。親しげに千倉へ笑いかける顔は端整で、そこにいるだけで絵になっていた。

(誰だよ、そいつ……)

とっくにいなくなった二人の残像を脳裏《のうり》が追いかけている。

千倉にとって男は恋愛対象ではない。だがそれは確認したわけではなく、千倉の態度から真柴が勝手に判断したにすぎない。

もしそうじゃなかったら。千倉の態度に身がまえたところがないのは、たんに真柴が対象外だからだとしたら。

いまつきあっている相手がいないことは知っている。だが状況はいつ変わるともしれず、千倉が同性を好きになる可能性だってあるかもしれない。

（そうだよ、最初から諦《あきら》めてどうするんだよ）

悠長にかまえているうちに、千倉が誰かのものになってしまったら――。女ならば仕方がないと思えるが、男だったら泣くに泣けない。いや、たとえ女だって、諦めなくてもいいのではないか。

あれこれと考えに捕らわれているうちに、真柴は千倉のマンションまでやってきていた。

さすがに勝手に上がるのは憚《はばか》られ、メールをして許可をもらった。千倉は驚いた様子だったが、だめだとは言わなかった。どうせ彼はミルクが理由だと思っているのだろう。

まだ返していない合鍵で部屋に入りこむと、ほっと息がもれた。

ここにはまだ、真柴以外の他人の気配はない。だがこの先はどうだろうか。もし千倉に彼女なり彼氏なりができたら、きっと真柴が来ること自体が迷惑になる。合鍵だって返せと言われ、返したら新しい恋人の元に行くのかもしれない。

「いやだ……」

そんなのは耐えられない。千倉を誰かに奪われるなんてあってはならない。早く、一刻も早く自分のものにしなくては。

すり寄ってくるミルクをあやしながら、気持ちはひたすら千倉にばかり向かっていた。

焦燥感に苛《さいな》まれ、息が苦しいほどだった。

それからの時間をどうやって過ごしたのか、真柴はあまりよく覚えていなかった。気がつけば時計の針は十時をまわっていて、ミルクは膝《ひざ》の上で気持ちよさそうに眠っている。

真柴はちらりと携帯電話を見た。

いつ帰るのか、電話をしてみようか。だがもしかしたら千倉は出ないかもしれない。あるいは千倉ではない男が出てしまうかもしれない。

いやな妄想ばかりが浮かんできたとき、玄関から物音がした。

真柴ははっと顔を上げた。

「ただいま」

玄関を開ける音に続き、涼しげな千倉の声が聞こえてきた。

駅前で千倉の姿を見てから三時間以上。そのあいだ真柴はずっと悶々《もんもん》としていたのに、千倉はあの美形男と楽しく食事でもしていたのだ。

身勝手なことを思っている自覚はあった。そもそも嫉妬《しっと》も真柴が勝手に抱いているものだ。千倉は真柴の恋人でもなんでもない。

「どうしたの？　なにかあった？」

千倉は心配そうな顔をした。さすがに一目見て、真柴がいつもと違うことに気づいたようだった。

真柴はあぐらをかいた膝にミルクを寝かせたまま、じっと千倉を見つめた。ミルクがいるから近づいてこないかと思ったが、そんなことはなかった。

傍らに膝を突き、顔を覗《のぞ》きこんでこようとする。その手を真柴はきつくつかんだ。

ぎゅっと握ると千倉は戸惑った表情を浮かべ、行為の意味を問うように見つめてきた。千倉の目が自分を見ていることに満足した。

「千倉さん、好きです」

言った瞬間に千倉はきょとんとし、それから表情に困惑の色を載せた。

握った手から伝わる体温が、真柴の熱を一気に上げる。気持ちを伝えるだけのつもりだったのに、触れたら自分を抑えられなくなった。

千倉の身体《からだ》を引きよせて、強くかき抱く。白い首筋に誘われるようにして、真柴は唇を落とした。

「ちょっ……」

顔が見えなくても千倉が動揺しているのはわかった。まずい、と頭ではわかっているのに、衝動を抑えることができなかった。

早く千倉を自分のものにしなくてはと、それればかりが真柴を支配していた。

「真柴、ミルクが潰《つぶ》れる！」

「っ……」

我に返って下を向くと、眠っていたミルクは膝から這《は》い出ようとしているところだった。

潰れるというのは大げさにしても、安眠を妨害したのは確かなようだ。

さすがに理性を取り戻した。ミルクのことを言われたのは正解だった。

「……すみません。でも、本気ですから。本気で千倉さんのこと好きです」

「真柴……」

「抱きしめたいしキスしたいし、抱きたいです」

はっきりと欲望まで告げて、様子を見るが、千倉は嫌悪感を浮かべることなく、ただ少し困ったような顔をした。

「もの好きだね」

「それ、どっちの意味で言ってます？」

「ただの感想だよ」

千倉の反応は予想していたどれとも違っていた。きっぱりその場で拒否されるか、なかったことにされるか、あるいは保留にされるか。大きく分ければその三つだと思っていた。ただの感想が来るとは想定外だ。

脱力して、大きな溜め息《ためいき》が出た。

「一つ、いいですか」

「なに？」

「このあいだから思ってたんですけど、千倉さんって男同士の恋愛に嫌悪感とかないですよね？」

「うん」

返事はあっさりとしたものだった。考える素振りもなかった。

安堵《あんど》と同時に、不安がよぎった。嫌悪がないのは嬉《うれ》しいことだが、もしそれが好きな同性がいるから、という理由だったら、嫉妬でおかしくなってしまいそうだ。

じっと見つめていると、千倉は自ら口を開いた。

「友達にね、同性カップルがいるんだ。今日その片割れに会ってた。高校のときからの友人なんだけど、近くまで来たっていうから」

「そうなんだ……」

今日見た男には恋人がいる。それはいい情報だったが、懸念《けねん》がすべて払拭《ふっしょく》されたわけではない。同性の恋人がいるということは、いつか意識が千倉に向くことがあるのではないか。

真柴にはそんなふうに思えた。

だから思うままを口にしていた。

「大丈夫なんですか？　そいつ、千倉さんに……」

「ないよ」

言葉なかばでバッサリと切り捨てられた。

「でも」

「ありえない。その友達はね、ほかの誰も目に入らないんだよ。大学のときに一度別れて、それから五年も想い続けて、やっと去年取り戻したところなんだ。今度もし捨てられたら、死んじゃうんじゃないかな」

本気か冗談かわからないことを言い、千倉は笑みを浮かべた。

「今度もし……ってことは、一度捨てられてるんですか？」

「そう。かつての悪行が祟《たた》ってね。見事に更正したよ。友達としては、最初から悪くなかったんだけどね」

どこか遠くを見るような目をする千倉を見て、また醜い嫉妬心が芽生える。いまさら共有しようもない過去の話をして欲しくなかった。ましてほかの男の話など。

どこまで自分は強欲なんだろう。千倉は自分のものですらない人なのに。

「真柴？」

「あ、いえ……そっか。ずっと友達のことを見てきたから、男同士ってこと自体は平気なんですね」

「でも、自分が男とつきあうっていうのは、正直考えたことなかったよ」

「告白されたりとか、なかったんですか？」

「ないよ。そんなもの好き、真柴くらいだよ」

鼻で笑われた。たまたまなんじゃないかと思ったが、あえて口にはしなかった。迂闊《うかつ》に言えば、三倍くらいにして否定されるのが目に見えていたからだ。自己評価の低い千倉には、きっと言葉で言っても無駄だ。

千倉はじっと真柴を見つめた。

「真柴って、今年二十三だっけ？」

「はい」

「若いね」

「たった四つじゃないですか」

十代の頃ならばともかく、二十歳《はたち》をすぎたら、プライベートでの四つ差などそう大きなものではないはずだ。経験やキャリアの点では別だろうが、それでも千倉は二年遅れだというから、真柴とは二年の差しかない。

だが千倉は頑是《がんぜ》ない子供でも見るような目をした。

「結構大きいと思うよ。僕ね、男とつきあったことはないし、年下ともつきあったことないんだ」

「それは、好みの問題ですか？」

「別にそういうわけじゃないんだけど……」

「絶対いやとかじゃないんですよね？」

「たぶん」

言葉とは裏腹に、千倉の口調に迷いはなかった。きっと彼には、確固たる好みなんてないのだろう。

「だったら、俺とつきあってくれませんか」

押せばなんとかなると思った。千倉が流されやすいとは微塵《みじん》も思わないが、こだわりもなさそうだから、強い理由がなければ逆に行けると踏んでいた。

千倉は顔色一つ変えず、またも予想外の返事を寄越した。

「メンタルなことは置いといて、状況的に考えると、これ以上つきあえないほどつきあっている状態だと思うんだけど」

「いや、それはそうなんだけど、やっぱりそこはちゃんとしたいじゃないですか」

「まぁ……そうだろうね」

力が抜けそうになるのをなんとか耐えて、さらに押してみたら、ようやく消極的な同意が返ってきた。

もう一押しだ。

「俺を恋人にしてください。とりあえずでいいです」

「とりあえずで恋人作ったことないんだけど」

「じゃ、初の試みってことで」

互いに好きあってつきあうのが理想ではあるが、真柴はそのあたりにこだわらないタイプだ。まず相手の隣を確保して、気持ちはあとから育ててもいい。いままでと同じように週末を過ごし、食事をしたり酒を飲んだりするとしても、先輩後輩ではなく恋人という関係があれば、自《おの》ずと意識も違ってくるはずだ。少なくとも恋愛対象として認識させることには成功したはずなのだ。

気持ちを変えさせる、あるいは引きよせる自信はある。そのためにはまず、恋人のポジションを得なくてはならない。

「絶対、襲ったりしないですから」

「さっきのは？」

ちらりと送られた目線に、うっとたじろいだ。だがここで引いてしまったら、次のチャンスはいつになるかわからない。

ここは素直に、そして殊勝に行こうと思った。

「あれはちょっと、焦《あせ》ってて……でも大丈夫です。嫌われたくないんで」

「僕がＯＫした場合、なにが違ってくるの？」

「えーと……まず気持ち。あとは、キス……くらいならしてもいいですか？」

おずおずとお伺いを立ててる自分は、きっと傍《はた》から見れば滑稽《こっけい》なことだろう。下心はあるし、欲求も激しいが、それよりも逃げられたくないという考えが勝っている。

「キスはまぁいいけど、セックスは……ちょっと、どうだろう？」

「いやですか」

「だって男だしね。されるのって、想像できないし」

「俺はできますけど。想像っていうか、妄想？」

さらりと本音を吐露してみたが、見事に無視された。戸惑うとか不快になるとか、なにかしらの反応が欲しかったのに、千倉はまるで聞こえていなかったような態度だ。それだけ相手にされていないのかと、落ちこみそうになる。

ふと思いついたというように、千倉は真柴を見た。

「むしろ真柴は抱かれる気ないの？」

「は……？」

言葉が続かなかった。こんな切り返しをされるとは予想外だった。さっきから千倉には、何度も意表を突かれている。

だが納得もした。当たり前のように真柴は千倉を抱きたいと思ったが、千倉だって男なのだから、同じように思うのは自然なことだ。

とはいえ、真柴もここは譲りたくない。

「えーと、その話はまたそのうちってことで……とにかく、俺のことを恋人って思ってくれませんか」

「恋人、ね……」

「チャンスください！　お願いします」

土下座も厭《いと》わない勢いで詰め寄ると、千倉は少し困ったような顔をしたあとで、やれやれと言わんばかりの溜め息をついた。

やった、と内心ガッツポーズを取った。勝ったと確信した。

「わかったよ」

「ありがとうございます……！」

一気に進めることは諦めて、こちらもゆっくりと攻めていくことにする。気持ちを寄せるのと同時に、意識も変えさせなくては。

強く心に誓い、真柴は握ったままだった千倉の手に唇を寄せた。

恋人になったからといって、そこは仮なので、千倉の生活が大きく変わったということはなかった。

会社ではもちろんのこと、終業後や週末の過ごし方も同じだ。もともと普通じゃないくらいの頻度で会っていたので、これ以上となったら同棲《どうせい》するしかなくなるだろう。

仕事も順調だ。〈ハナムラ〉との話もまとまり、子会社のカジュアルブランドとの提携が正式に決まった。最初はコラボレーションとしてファッション性をアピールし、いずれはオリジナルへと移行する計画だ。

デザイナーである姉との打ち合わせも何度かした。こちらの意図や要望を伝えるとき、気の置けない相手だと確かにやりやすくてよかった。

生活は変わらないが、いろいろと以前と違うこともある。その最たるは、真柴が好きだと言ってくることと、なにかとキスをしてくることだ。もちろん後者は家のなかでしかしないのだが、人目がないと思うと、鬱陶《うっとう》しいほどベタベタしてくる。

いまだって本を読んでいた千倉の背後から近づいてきて、背中に張りついている。いや、抱きしめているのだろうが、印象としては大きな子供が甘えてくっついてきたという感じなのだ。

「一度、思いきって試してみるのもありだと思うなぁ」

耳もとで囁《ささや》く声が少しくすぐったかった。

「試しで掘られたくない」

「いやいや、掘るとかそういう言葉は使わない方向で。千倉さんに似合わないです。もっと色っぽく品よくないと」

「品はともかく、僕に色気なんか求めないで欲しいんだけど」

「ありますよ。俺はムチャクチャ色気感じてます」

「それは真柴が特殊なフィルター持ってるからだよ」

大人の男の色気とはまた違う、男なのに同性の官能を刺激する色気があることを千倉は知っている。真柴が言っているのもそちらだろうが、本当にその意味で色気のある人間を知っているから、なにを言われても納得はできなかった。

「千倉さんが思ってるほど特殊じゃないですよ。ねぇ、なんでもしてあげますって。千倉さんは、寝てるだけでいいんですよ」

「そんなんで楽しい？」

「反応してくれたら楽しいんじゃないかな」

「しなかったらどうするの」

「させます。大丈夫」

真柴は自信たっぷりだ。きっと過去につきあった女性から文句を言われたことはないのだろうが、同性相手にも通用するとは限らないのではないだろうか。

「受け身って、ある意味では楽なんじゃないかなぁと思うわけですよ。ほら、男って基本的にいろいろすることがあって大変じゃないですか」

「それは同意するけど」

「でしょ。特に千倉さんって淡白そうだから、義務みたいなもんだったでしょ」

「………」

図星だ。ものの見事に言い当てられたので、なにも言いたくなかった。

淡白だという自覚はあるし、実際に言われたこともある。誠意は感じるが、欲望や熱は感じないと言われたこともある。ようするに千倉は恋人として、いろいろと足りない男だったのだろう。

そもそも千倉はセックスが好きではなかった。真柴の言う通り、つきあっている相手への義務のように考えていたところがあり、常にどこか冷めていた。だからなのか、夢中になるほどの快感を得たことがなかった。

「向き不向きってあると思うんですよね」

「僕は抱くほうに向いてないって言いたいの？」

「じゃなくて、もしかしたら抱かれるのに向いてるかも……って話」

「同じじゃないか」

「違いますよ。フィジカルな部分では、相手に任せたほうがいいタイプ、ってだけですよ。

奉仕するよりされるほうが、うまくいくんじゃないかなーって」

まるで見てきたようなことを言うものだ。確かに千倉の恋愛はうまくいったためしがなかった。彼女は過去に二人いたが、いずれもつきあい始めて半年足らずで向こうから別れを切りだされた。理由はほぼ同じだ。曰《いわ》く「あなたの気持ちがわからない」「愛されている気がしない」だ。

「……僕は相手に虚しさを与えるのが上手《じょうず》らしいよ」

「なんかわかる気がする」

「だったら、僕なんかやめたほうがいいと思うけど」

「それは試してみないとわかんないでしょ。セックスのことだったら、それこそポジション変えてうまくいくかもしれないし。だから、抱かれるほう経験してみましょうよ。そっちのほうがいい、ってくらい、気持ちよくしてあげますって」

口説いているというよりは説得なのだが、会うたびにうるさいほど言われている。もちろん真柴が喜ぶような返事はしていない。

絶対にいやだとは思わないが、したいとも思わない、というのが正直な気持ちだ。ずっと同性カップルを近くで見てきたし、彼らがセックスをしているのも知っているが、そこに特別意識を向けたことはなかった。問題があったときは首も突っこんだが、少なくとも主観的に考えたことはなかったのだ。

千倉はぱたんと本を閉じた。

「ほら、離れて。そろそろ支度しなきゃいけないんだ」

「……俺も行っていいですか」

「は？」

背中に張りついたまま真柴は突然言った。おそらく彼にとっては唐突ではなく、考えていたことだったのだろう。

今日は嘉威《かい》たちと会う約束がある。嘉威とは二週間前にも会ったばかりだが、それとは別にいつもの三人での飲み会だ。土曜日に約束を入れたのは、向こうの仕事が忙しくて平日に時間を取れないからだった。

「場所どこでしたっけ」

「今日は銀座というか、有楽町」

「やっぱ俺も行こう。ちょっと電気屋見たいし。で、紹介してくれたらメシ食って帰りますから」

「ええ？」

「お願いします！」

恋人にしてくれと言ってきたときと同じだ。どこまでも粘りそうな気配がある。あのとき千倉が折れたのも、承知しなければ土下座しそうな勢いだったからだ。実際、あとで訊《き》いたら、本気でするつもりだったと言っていた。

「紹介したら帰るんだよ」

「やった」

結局今日も千倉が折れてしまった。これ以上引っ張ると遅刻しそうだったし、断ったらひそかについてきそうな気がしたからだった。

支度といっても、持っていくバッグの確認をするくらいだ。服は特に替える必要もない。

上機嫌の真柴を連れて待ちあわせの駅まで行くと、改札を出たところに目立つ二人組が立っていた。

「相変わらず待ちあわせに便利」

「確かに……」

向こうも千倉たちに気づき、少し戸惑った様子を見せた。当然だ。見たことのない男が千倉の横にいるのだから。

「待たせちゃってごめんね」

「いや、ぴったりだけど……」

切れ長の目がちらりと真柴を見る。誰何《すいか》しているような目だった。

紹介しようとするより先に、隣から声がした。

「どうも、初めまして。今年からアシリスに入った真柴圭太《けいた》と言います。千倉先輩にはいつ

も お世話になってます」

ハキハキと言って頭を下げるその様子は、まるで体育会系の学生だ。とても会社員には見えなかった。

嘆息して千倉は続けた。

「会社の後輩。買いものがあるっていうから、一緒にここまで来たんだ。で、嘉威雅将《まさゆき》と樋口真幸《ひぐちまさゆき》」

「あれ、二人ともマサユキなんですか？」

「そう。ほら、紹介したんだから帰って」

「えー」

ごねてみせるのはきっと計算だ。本当は紹介だけで帰るつもりなどなく、最初から飲み会に加わろうと思っていたのだろう。

真幸は嘉威と目をあわせて確認すると、千倉と真柴を交互に見て笑った。

「これから用事あるんですか？」

「ないです」

「だったら一緒にどうかな。予約したのは席だけだから、三人でも四人でも一緒だと思うし」

「ありがとうございます。お言葉に甘えて参加させていただきます」

ある程度は予想できたことだったが、決まってしまうと溜め息が出る。

気が乗らないというわけではないのだが、なぜか落ち着かなかった。真柴は余計なことは言わない人間で、誰とでもうまくやれると知っているし、なにも三人だけがいいと思っているわけでもない。

自分の感情の理由がわからなくて、千倉は戸惑った。

「千倉さん、もうヤバイですって。やめましょう」

「……平気」

「見てて全然平気じゃなさそうなんですけど。っていうかギリギリですよ。これ以上は、たぶん明日とか大変ですって」

グラスを取り上げられ、千倉は不満げな顔を真柴に向けた。

思っていたとおり、問題なく時間は過ぎていた。真柴は初対面の相手でも臆することなく、いろいろな話をし、場に馴染《なじ》んでいた。嘉威も真幸も好意的に受けいれていたし、真柴の話を楽しそうに聞いていた。特に会社での千倉のことを積極的に聞きたがっていたので、今日の千倉は専《もっぱ》ら酒の肴《さかな》と化していた。

だからというわけではないが、今日はあまり話に参加しなかった。振られれば言葉を返すが、積極的には加わらず、そのせいかアルコールの摂取がいつもより多くなってしまった。ピッチが速いと真幸に指摘された頃には、すでに常になく酔っている状態だった。

「千倉さん、大丈夫ですか？」

心配そうに真幸が顔を覗きこむと、千倉は頷《うなず》くだけの返事をした。それがますます真幸の表情を曇らせた。

「ごめんね……大丈夫」

「体調、悪かったのかな」

問いかけは一緒にやってきた真柴に向けられた。家が近いことは話のなかで出たし、今日もミルクと遊ぶために千倉の部屋を訪れていたことになっていたから、夕方までの様子を聞きたいようだった。

「ちょっと疲れが溜まってるって言ってましたけど」

言った覚えはない。だが当たり障《さわ》りのない言い訳をしてくれたのはありがたかった。この歳になって自分の適正酒量もわからないと思われるよりはずっといい。

「仕事って、あれだろ？　実家が関わってるっていう」

「はい。だから会社から千倉さんへの期待も大きいんですよ」

「ああ……」

さすがに高校時代からの友人なので、千倉の背景については知っているようだし、千倉の家族とも面識があるらしい。

嘉威は時計を見て、オーダーシートを手に取った。

「お開きにするか」

嘉威が会計役になって支払いをすませると、真柴は酔った千倉を支えて席を立った。普段だったら外でこんなに密着などできないが、いまの千倉は見るからに酔っているから、抱えていても不自然さはない。もっともこの状態では、色気もなにもあったものではないが。

「今日は楽しかったです。ありがとうございました」

「こちらこそ。また飲もうね」

真幸のきれいな笑顔に見送られ、千倉と真柴はタクシーに乗りこんだ。実際には真柴によって千倉が押しこめられたというのが正しい。

いつの間にか眠ってしまい、気がついたときにはタクシーを降ろされていた。

「歩けます？　おんぶしますか？」

「……歩けるよ」

少し眠ったせいか、さっきより意識ははっきりしている。自分の足で部屋まで行き、身体を投げだすようにベッドに横たわった。

こんなに酔ったのは初めてかもしれない。酒を飲み始めた当初から、千倉は自分の酒量を自然と悟り、それを超える飲み方などしたことがなかった。嘉威も真幸も驚いていたが、誰よりも千倉自身がいまの状態に驚いていた。

真柴は買い置きの水をコップに注《つ》いで持ってきた。七分目くらいに入ったそれを飲み干すと、少し頭がすっきりとした。

そのまま真柴はベッドサイドに座る。狭いベッドだから、ほとんど真上から見下ろされているようだった。

「嘉威さんって、俺が何者か気づいてましたよね。なにも言わなかったけど」

「たぶんね」

真柴が名乗ったときに、嘉威は確かに反応した。サッカーファンではないはずだが、彼は世間一般の視聴者と同じように、大きな大会はそれなりに興味を持って見ているし、記憶力も抜群だ。少しばかり真柴の雰囲気やヘアスタイルが変わったところで、気づかないわけがない。

「大人だなぁ。興味ないだけかもしれないけど」

「興味はあると思うよ。僕か君がサッカーの話題を振ったら、食いついてくると思う。真幸はたぶん知らないな」

もともとあまりスポーツに興味はないタイプだ。ただし三年前の真幸は福岡で学生をやっていたから、友人との話題に上っていた可能性もないではないが。

「前に言ってた同性カップルって、あの人たちですよね？」

「……わかった？」

「わかりますよ。空気が違うもん」

「そうだよね」

真柴がいることで、極力甘い雰囲気は出さないようにしていたが、ちょっとした視線や距離感で、やはりわかる者にはわかってしまうようだ。真幸はともかく、嘉威の視線が甘すぎるのだ。

「もしかして、嘉威の様子でわかった？」

「はい。真幸さんは、よくわからなかったな。カップルだって聞いてなかったら、嘉威さんの片思いって思ったかも」

「ははは」

親友の落ち度に、千倉は思わず笑ってしまう。機会があったら、この話で嘉威をからかってやろう。

「なんか、超きれいなカップルですよね」

「真柴から見てもそう思う？」

「はい」

同意が返ってくるのは当然だと思いながらも、千倉の胸にはかすかに痛みが生まれた。

やはり誰が見たって真幸はきれいで可愛《かわい》く、男らしい美貌が冴える嘉威と並ぶと、一層輝きを放つものなのだ。

「うん。真幸は昔からきれいだったよ。いろいろあったけど、いまは嘉威が大事にしてるから、雰囲気も柔らかくなって、前より可愛くなった気がするし」

「はぁ」

「色っぽいって、ああいうのを言うんだよ。真柴」

「いや……うん、まぁあの人が美人で色っぽいのは否定しませんけど、なんで真幸さん限定の話になってるんですか？　俺、カップルとして言っただけですよ？」

「あ……」

怪訝《けげん》そうに言われて初めて、千倉は自分の思考に気がついた。まったく真柴の言う通りだった。

そして真柴は探るように言った。

「もしかして、真幸さんが好きとか？」

「まさか！」

嘉威のことは以前にも否定しているから、今度は真幸のことを確かめたのだろうが、それにしてもありえない質問だった。

真柴はほっとして、笑みを浮かべた。

「よかった。あのタイプが好みとか言われたら、俺なんかタイプ全然違うし、不利だなって思ったんで。あ、もちろん嘉威さんでもないんですもんね？」

「二人とも友達だよ」

「うん。今日行ってみてよかったな。実はまだちょっと不安な部分があったんで、安心しました。で、再確認できたし」

「なにを？」

「俺はやっぱ千倉さんが好きなんだなーってこと」

にっこりと笑って、真柴は顔を近づけた。いつでもキスができるくらいに寄って、ひどく優しい目をして千倉を見つめる。

告白された日から、もう何度好きだと言われたかわからない。言われすぎて慣れてしまったのか、おはようの挨拶《あいさつ》程度にしか思えなくなっていたのだが、酔っているせいなのか、いまは妙に胸が騒いだ。

「真幸さんを見ても、別に気持ち動かなかったし。きれいだなとは思ったけど、俺は千倉さんのほうが好き。顔も声も、性格も全部」

まだいくぶんぼんやりとした頭にも、その言葉は強く響いた。いや、頭ではなく胸に響いてきた。

ぎゅっと胸が締めつけられる。痛いわけでもないのに苦しくて、まっすぐ真柴の顔を見ていられない。

動揺しているというのに、一方で妙にすっきりとした気分にもなっていた。

持てあましていたいろいろな感情が腑《ふ》に落ちたからだ。

自覚はなかったが、千倉のなかには真幸に対するコンプレックスがあったらしい。真柴を紹介したくなかったのは、きれいな真幸を見たら、真柴が心変わりするんじゃないかという恐れがあったからではないのだろうか。

（それって……）

もやもやとしていた感情、そしてついさっき千倉の胸を騒がせた感情の正体が見えた。

いつの間にか千倉は真柴のことが好きになっていたらしい。いや、本当にそうなのか自信はない。

（だって、ミルクが真柴以外に懐いたら、きっと楽しくない……）

酔った頭は突拍子《とっぴょうし》もないことを考えつき、まともな判断力を持たないためにあっさり納得してしまう。

「千倉さん？」

真柴の声に反応して目を開けようとしたが、重すぎてどうしてもできなかった。薄い羽毛布団をかけられ、ますます気持ちよくなって意識は深いところへ引きずられていく。

半分眠っている状態で、千倉は電話の音を聞いた。

「なに……？」

いくらか普段より真柴の口調はぶっきらぼうだ。だがそれを不思議には思わない。同じ歳の友人や身内ならば、このくらいは普通だからだ。

「帰ってきてるのか……？」

どんどん声が遠くなっていく。真柴の様子は明らかに普段とは違うのに、いまの千倉はそれを気にしていられる状態ではなかった。

それからまもなく、千倉の意識はすとんと落ちてしまい、まだ続いていた話を聞くことはできなくなった。


嘉威と真幸が家へ遊びに来たのは、半月後の週末だった。

遊びに来たというよりもミルクを見に来たのだ。真幸がどうしても見たいと言いだしたらしく、千倉の家がデートコースに組みこまれたようだ。

「どうぞ、これ。お土産です」

「ありがとう」

玄関で出迎えていると、ミルクが駆けよってきて、まっすぐに真幸のところへ向かった。

真柴がいないのに、飼い主である千倉を無視するとはいい度胸だ。もっともすり寄られたところで、抱き上げてはやれないが。

「うわぁ、可愛い……！　本当に真っ白なんだ」

真幸はすり寄るミルクを撫《な》で、腕のなかに抱き上げた。子猫に触れる機会があまりないらしく、ずいぶんと嬉しそうだ。そんな恋人を見る嘉威の目は甘ったるく、慣れているとはいえ千倉は食傷した。

これのどこに、他者が入りこむ余地があるというのか。杞憂《きゆう》もいいところだと、ここにはいない男に向かって呟《つぶや》いた。

「すっかり猫仕様の部屋になってるな」

嘉威は室内をぐるりと見まわし、やや呆《あき》れた調子で呟いた。

廊下には猫用のベッドがあり、部屋には天井まで伸びるキャットタワーが設置されている。爪研ぎもあればオモチャも見えるところに置いてある。確かに一目で猫がいるとわかる部屋だろう。

「狭くて悪いけど、適当に座って。いまお茶いれるね」

「相変わらずきれいに片づいてますね。前に来たときよりはいろいろと増えてるけど」

ミルクを膝にのせたまま座った真幸は、一度だけここへ来たことがある。まだかなり寒い時期のことだ。そのときと比べて荷物が増えたというのは本当で、ほぼそれはミルクと真柴のものだった。もちろん真柴の着替えや布団はしまってあるし、歯ブラシなども片づけてある。念のためだ。

「真幸たちのところだって、きれいだろ？」

「一応」

「どう、快適？」

「はい」

お茶をいれて嘉威たちのところへ戻り、手土産の菓子を開いて出した。真柴が好きそうだと、ふと思う。

「真柴はよく来るのか？」

なにげなく発した嘉威の問いかけに、ドキッとした。狙ったわけでもあるまいし、そのタイミングのよさには苦笑しそうになる。

「来るよ。ミルクのグッズを揃《そろ》えたのは真柴だしね」

「ほんとに好きなんだな」

ミルクのことを言っているのだとわかっていても、妙に落ち着かなかった。真柴が好きなのはミルクだけでなく、千倉もなのだから。

この先どうなるかわからないのに、いまの関係を他人には言えない。千倉はいいが、真柴の名誉のために言えなかった。

その真柴はこの週末、ここへは来ないことになっている。嘉威たちの訪問があるからではなく、もともと宣言されていたことだ。

正確に言えば、今週もということになる。ミルクを引き取ってから毎週のように入りびたっていたのが嘘《うそ》のように、真柴は急に来なくなってしまった。

実家でトラブルが起きているからと言っていたし、実際に会社で彼に接していても、どこか落ち着かない様子だった。多くは語らないが、真柴の家は離婚家庭というだけではない複雑そうな気配を感じるから、千倉に言えない事態になっているのかもしれない。

なにもできない自分がもどかしかった。かといって、他人の家の事情に突っこむこともできない。真柴はそれを望んでいないからこそ、詳しい話をなにもしないのだろう。

「その真柴のことなんだけどな」

「真柴がどうかしたの？」

どうやら話を出す機会を窺《うかが》っていたらしく、嘉威の視線が恋人から千倉に移った。嘉威の顔には笑みがなく、自然と千倉も身がまえてしまった。ちらりと見る限り、真幸はこれから嘉威が話すことを知らないようだった。

「当然、知ってるんだよな？　真柴がJリーガーだったって」

「もちろん。鳴り物入りでうちに入ってきたからね」

「だよな。いや、昔の話なんだ。まだ引退する前の……。サッカー好きの友達から聞いただけなんで、信憑性《しんぴょうせい》に欠ける話ではあるんだよ。本人にも聞けねぇしな。で、おまえはなにか知ってるかなと思って」

「どんな話？」

真顔の千倉が意外だったのか、嘉威は少し躊躇《ちゅうちょ》した。真幸もミルクの背を撫でたまま、黙ってことの成りゆきを見守っている。真柴がサッカー選手だったことは嘉威から聞いていたらしかった。

「真柴のケガは、酔ってケンカしたんじゃないって噂《うわさ》」

「え？」

「ケガしたあと、真柴は被害届を出さなかったらしいんだよ。で、真柴本人が事件現場の場所をはっきり覚えてないとか、相手の顔も特徴もよくわからんとか、とにかく言ってることが曖昧《あいまい》だったらしくてさ」

「酔ってたからじゃないのか？」

千倉は眉《まゆ》をひそめた。ひどく落ち着かない、この気分の理由がわからなかった。なにかが引っかかっていた。

「真柴は酒に強いんで有名だったらしいぜ。ま、未成年だったから、大っぴらには言えねぇことだけど」

「加害者は見つからなかったの？」

そっと真幸が口を挟んできた。

「ああ。で、誰かを庇《かば》ってるんじゃないか、って噂が出たらしい」

「庇うってことは、知りあいってことだよね」

「噂通りなら、そうなんだろうな。身内か好きな相手……か。あとは事情があって、義理のある相手か」

「身内……」

二人の会話を聞きながら、ふっと浮かんだのは、折りあいが悪いという兄のことだ。三年ほど会っていないと言ってはいなかったか。三年前といえば、ちょうど真柴がケガをした時期になる。

「どうした？　なんか心当たりあるのか？」

「あるといえばあるけど、憶測だよ。だから言えない」

嘉威が信用できないという話ではなく、肉親のことだから迂闊な話はできなかった。きっぱり言うと、嘉威はわかっているというように顎《あご》を引いた。

「悪かったな。本人のいないところで、こんな噂話なんかして。忘れてくれ」

「そうする」

言いながらも、忘れることはないだろうと思った。だが本人に尋ねるつもりもない。いつか話してくれるまで、待つだけだ。

思案顔の千倉をじっと見つめていた嘉威は、やがて柔らかく笑みを浮かべた。かつての嘉威がしなかった表情だ。彼自身が落ち着き、真幸の心を得たことで、最近よく見せるようになった大人の顔だった。

「珍しいよな」

「え？」

「いや、千倉にしては、ずいぶん近くに置いてるだろ？」

「近くに置く……」

物理的なことだけを言っているのではないだろう。確かに嘉威の言うように、千倉は他人との距離を保つほうだった。親しくしている嘉威や真幸とさえも、ある程度は離れているし、客観性も失わないようにしてきた。いや、幼少期を除けば、肉親ですらここまで近かったことはないような気がする。

なのに真柴のことは、いつの間にか客観的に見られなくなっていた。

「そうだね……ミルクと一緒かもしれないな」

「え？」

「情が移ったのかな。だって、初日から懐かれまくったから」

移るどころか奪われてしまったけれども、そんなことは嘉威たちに気取《けど》らせない。真柴にも言っていないことを、ほかの人たちに言うわけにはいかなかった。

飄々《ひょうひょう》としたいつもの態度に、嘉威たちは苦笑した。

「素っ気ない飼い主だな」

「でも真柴くんって猫じゃないよね」

「犬だろ、犬」

「うん。初めて会ったときから俺もそう思ってた。千倉さんに懐いてて、ばっさばっさ尻尾《しっぽ》振ってる感じ」

真幸はくすくすと笑い、楽しそうに嘉威も同意した。

イメージとしては確かにそうだ。真柴の感情表現はストレートで、特に好意は全身で表すタイプだろう。尻尾を振っている姿が容易に想像できてしまい、釣られるようにして千倉も笑った。

すると真幸はわずかに目を瞠《みは》り、それからふわりときれいに微笑《ほほえ》んだ。

「ほんとだ。千倉さん、ちょっと変わった」

「え？」

「柔らかくなったっていうか、丸くなった……は、ちょっと違うな。うーん……なんだろう、ええと……」

真幸はさんざん言葉を探していたが、やがてふうと息をついた。諦めたらしい。笑って話を引き取ったのは嘉威だった。

「温かみが出たんじゃないか。前はあんまり温度ってもんがなかったからな。淡々としたところがマシになったし」

「そんなに冷血だったかな」

「冷静で客観的すぎて、取っつきにくかったな」

「へぇ、嘉威はそんなふうに思ってたのか」

ちろりと故意に冷たい目を向けると、嘉威はバツが悪そうな顔をした。さんざん面倒と心配をかけたという自覚はあるのだ。

冗談めかしたやりとりのおかげで、あまり踏みこまれずにすんだ。あのままだったら、千倉が変わった理由にまで話が及んでいたかもしれないのだ。

どんな形になろうとも、いずれ嘉威たちには話そうと思っている。だがいまはまだ、この気持ちは胸に秘めていよう。

できれば、真柴の憂いが取りのぞかれるまでは――。


会社の受付から電話がまわされてきたのは、週が明けてすぐのことだった。月曜日の、午前中のことだ。

『三住《みすみ》商事の野崎《のざき》さんとおっしゃる方からお電話です』

「あ、はい。繋《つな》いでください」

まったく覚えのない相手だが、三住商事といえば日本屈指の総合商社だ。話も聞かずに断る理由はなかった。

「お電話代わりました。千倉です」

『初めまして。お仕事中に突然申しわけありません。野崎亮一《りょういち》と申します。そちらでお世話になっている真柴圭太の兄です』

聞こえてきた声は、まだ若い男のものだった。

「お……兄さん、ですか?」

『はい。両親が離婚して姓は違いますが、実の兄です。弟から、わたしのことはなにか聞いていらっしゃいますか?』

探るような問いかけに、どう答えたらいいものかと迷った。仲がよくないと聞いているが、果たしてそれを正直に告げていいものか。

考えた末、千倉は相手に情報を渡さないことにした。

「いえ、お兄さんがいることは知っていますが、特になにも」

『そうですか……。あの、実は弟のことでご相談がありまして、近いうちにお時間をいただけたらありがたいんですが』

「はい？」

『急にお電話を差しあげて、突拍子もないことを申しあげているのは承知してます。ですが、どうか話を聞いていただけないでしょうか』

さっきよりも野崎は早口になっていた。千倉が唖然《あぜん》としているというのに、かまうことなく一方的に話を進めてくる。

緊張のためかもしれないが、もしかすると勝手な人なのかもしれない。

ふうと息をつき、千倉は冷静に言った。

「待ってください。申しわけありませんが、すぐにお返事はできかねます」

『あ……はい。それは当然だと思います。こちらこそ、すみません。わたしが本当に圭太の兄かどうかもわかりませんよね。別便で、身分証明になるものと写真を送りますので、それを見ていただければと思うんですが……』

「あの、そもそもどうして僕に連絡を？　僕のことをなぜご存じなんですか？」

千倉としては、まずそこから説明して欲しかった。野崎という男は、いろいろと一足跳びだ。やはり基本的に自分本位な人なのだろう。

一瞬言葉に詰まってから、野崎は言った。

『知人からです。圭太から仲のいい先輩がいると聞きまして』

「そうですか」

とりあえずあっさり流してしまったが、最後の一言は引っかかって仕方がなかった。野崎が本当のことを言っているとは思えなかった。

相手の顔も見えないのでは判断のしようがない。はっきりしているのは、この場で返事はできないということだけだ。

『圭太が知れば、反対すると思います。どうしても千倉さんとお話がしたいんです。お願いします。圭太のためでもあるんです。どうか会ってください』

「ですから、お返事は後日させていただきます」

『では、わたしの番号を……』

「いえ、会社にかけさせていただきます。そのほうがご本人だと確認できますから」

ことさら冷静に淡々と告げると、相手も少し怯《ひる》んだ様子だった。

相手のペースで進める必要はない。こちらにも都合というものがあるし、信用できるかどうかはわからない相手なのだ。

こちらからかける、というのを強調し、暗にもうかけてくるなと言ってから、千倉は電話を終えた。

さて、どうしたものか。

考えているうちに、昼休みになった。まだ真柴は帰ってこないが、ホワイトボードによれば十二時に帰ることになっている。

千倉は廊下へ出ると、エレベーター前で待ち伏せし、戻ってきた真柴を捕まえた。

「真柴、ちょっといいかな」

「え、なんですか？」

空いている会議室へと真柴を引っ張っていき、ブラインドを下ろして窓際の席に座らせた。どこでしてもかまわないはずの話なのだが、妙な違和感を覚えて、人のいないところを選んでしまった。

「どうしたんですか？」

「さっき、君のお兄さんから電話をもらったよ」

「な……」

瞬間、真柴は顔色を変えた。さっと音がしそうなほど血の気が引き、表情も強《こわ》ばって、すぐには言葉が出てこないほど狼狽《ろうばい》した。

この場所にしたのは正しかったらしい。仲のよくない兄。ただそれだけではないものを否《いや》応《おう》なしに感じた。

「会って話がしたいって言われたんだ。君のことで、って」

「だめだ！」

真柴は立ちあがり、痛いほど強く千倉の肩をつかんだ。

「絶対に会っちゃだめです！　兄……あの人には、絶対に近づかないでください」

「真柴……？」

近づくなとは穏やかではない。不快感を示す程度のことはあるだろうと思っていたが、まさかこんな発言が飛びだすとは思っていなかった。

「どういうこと？」

「……言えません」

「言ってくれないと納得できないよ」

「もう少し待ってください。絶対に言いますから。だから兄と接触したらだめです」

懇願だった。いやだ、ではなく、だめだと真柴は言う。そこから伝わってくるのは危機感のようなものだ。それに怯《おび》えと言ってもいいようなもの。

千倉は真柴の背中を宥《なだ》めるように軽く叩《たた》いた。

「わかったよ。とりあえず君が話してくれるのを待つから」

真柴にとって納得のいく答えではないだろうが、千倉も妥協したのだから、ここはイーブンだ。

縋《すが》るような顔をする真柴が可愛く見えて、少しだけ千倉は困ってしまった。

野崎亮一から電話があった日以来、真柴は片時も千倉のそばを離れようとしない。先週までとは大違いだ。平日にもかかわらず毎日泊まりこんでいるのだ。

なのに口数は少ない。無口な男ではないのに、一緒にいてもあまり会話をせず、深刻な顔で考えこんでいる時間が多くなった。

いまだって膝にミルクを抱き、柔らかな毛を撫でながら、その手つきにそぐわない深刻な顔をしていた。

「真柴」

呼びかけると、ようやく意識が千倉に向いた。

撫でる手が止まったためか、ミルクがひょこっと起きだし、うーんと伸びをしてからとことこ歩いていく。水でも飲みに行ったようだ。

「なんですか」

明らかに様子はおかしいのに、なかなか真柴は口を開こうとはしない。千倉が焦《じ》れているのに気づいていながら無視しているのか、それとも察する余裕もないのか、どちらにしても千倉もそろそろ限界だ。待つとは言ったが、四六時中目の前で辛気くさい顔をされていてはたまらない。

「いい加減に、言ってくれてもいいんじゃないかな？」

電話があった日から四日目に、千倉はとうとう痺《しび》れを切らした。ずっとこの部屋にいるのはいいが、やたらと神経を尖《とが》らせている真柴を見ているだけで千倉まで疲れてしまう。

事情を知って、その上で真柴と話しあいたかった。

千倉は送られてきた書類をローテーブルの上に置いた。

間違いなく電話をかけてきた野崎亮一は真柴の兄だった。こちらから三住商事に電話をかけ、本人であることも確かめた。もちろん確認のためだけで、その旨も相手に伝えたし、返事は保留のままだ。

「僕だってもう当事者だよ。聞く権利はあると思うけど」

「……はい」

「真柴が僕のことを誰にも話してないっていうなら、お兄さんが言ったことは嘘ってことになるよね」

するとと真柴は大きく頷いた。

「たぶん調べたんだと思います。俺が家にいなかったから、気になったのかもしれない。自分でやったか、探偵雇ったかは知らないけど」

「探偵……」

それはずいぶんと穏やかではない。弟の身辺調査をするというのは、あまり一般的なことは思えない。千倉の感覚だと、本人に直接訊けばすむことだと思うからだ。

「いま引きましたよね」

「うん」

「俺と兄貴はそうなんです。兄貴はずっと海外勤務なんですけど、ちょっと前に帰ってきたって父から連絡があって……それで、千倉さんのところに近づかないようにしてたんです」

あのときの電話だと思ったが、わざわざ言うほどのことでもないので黙っていた。思えばあの翌週から、急に真柴が距離を置くようになったのだ。

「どうして？」

「……千倉さんのことを知られたらヤバいから」

意外性のない答えに、千倉はふーんと鼻を鳴らした。

「まぁ、恋人が男じゃね」

「違います！　そういう問題じゃないんです。男だろうが女だろうが、俺が大事にしてるものはだめなんだ。兄貴に知られたら……」

真柴は頭を抱えて狼狽した。そこには怯えの色さえ見え、兄の行動が尋常ではなく真柴を追いつめているのがわかった。

「真柴……」

千倉は向かいあった位置から真柴の隣に行き、普段よりもずいぶんと小さく見える身体を抱きしめる。

ゆっくりと真柴は顔を上げた。

「千倉さん……」

「いまのは、どういうこと？」

「それは……」

「隠しごとをするなとは言わないよ。必要だったら嘘をついたっていい。でも、一人で抱えるのはなしだ。マイナスなことも君と共有したいっていうのは、おこがましいかな」

いつの間にそんな気持ちが芽生えたのかはわからない。自分でも不思議なほど、自然と真柴は特別な存在になっていた。好きだというだけではない。信頼できる相手というだけでもない。さまざまなことを共有していきたい相手なのだ。

「千倉さんっ」

抱きしめていた真柴に逆に抱きしめられ、痛いほどに彼の思いを感じた。

「それって、俺のこと好きってこと？」

「真柴が大事ってことだよ」

好きだと思う。けれどもいまは、恋だとか愛だとかを語るよりも、真柴の憂いの部分に触れたかった。千倉の想いは、こんなにせっぱ詰まった状態の真柴ではなく、いつもの彼に告げたい。

そんな考えなど知るよしもない真柴は、思わずといったように苦笑した。

「焦らしプレイ？」

「そんな趣味ないよ」

「俺はあるかも」

帰ってきた呟きは小さかったが、なにやら不穏な気配を帯びている。聞かなかったことにして、千倉は先を促した。

「それで、お兄さんとなにがあったの？」

「……いろいろ、です」

ここへ来てもまだ真柴の口は重かった。言いたくないというよりは、なかなか思いきれないという感じだから、仕方なく千倉のほうから水を向けてやることにした。

「ねぇ、真柴。もしかして、君の膝のケガ……お兄さんが原因なんじゃないのか？」

「っ……」

息を呑む気配はわずかだったが、抱きしめられている千倉には充分すぎるほどの反応だった。

やはりという気持ちで、千倉は真柴の髪を撫でた。

癖のある、少し硬い髪だ。外出時には整えられるが、いまは洗いざらしで、よく言えばワイルドだ。この手触りが千倉は嫌いではなかった。

しばらくそうして撫でていると、真柴はぽつりと呟いた。

「兄貴は……俺のことが、嫌い……なんです」

絞りだすようでもなく、吐き捨てるようでもない。本当にぽつんとした呟きだった。まるで置いていかれて途方に暮れた子供だった。

だから千倉は、宥めるように優しく言った。

「電話では心配してるような印象だったよ」

「千倉さんを呼びだすための演技ですよ、きっと。あの人が俺のことで相談なんてあるわけないんだ」

一片の迷いもなく真柴は断言した。電話で少し話しただけの千倉には正確な判断などできようもないが、少なくとも真柴にとって野崎はそう言いきってしまえる相手なのだ。当然理由があるはずだった。

「どうしてそう思うの？」

「昔からそうなんです。あの人は俺の大切にしてるものを何度も壊した」

「壊した、って……」

不穏な言葉を繰りかえした千倉に、真柴は顔を上げて笑みを作ってみせた。まるで千倉を安心させようとでもしているみたいだった。

少しは落ち着いたのだろうか。そこにいたのは、いつもの真柴に近かった。

「最初は些細《ささい》なことだったんですよ。俺が幼稚園のときに、お気に入りのオモチャを兄貴が壊したとか、そんな程度でした。些細って言っても目の前でわざと壊されたんで、それなりにショックでしたけどね。わざとなんだって親に訴えても信じてくれなかったし」

同じようなことが二度三度と続き、ほとんどが真柴の不注意で片づけられた。だが無機物であるうちはよかった。小学校に上がった頃、今度は飼っていたクワガタが急に死んでしまった。しっかりとピンで留めていたはずの蓋《ふた》が開けられており、虫籠《むしかご》の外でクワガタは死んでいたのだ。

もちろん現場は見ていない。だが真柴以外の家族がクワガタを外へ出したことは事実だったし、親でないことは状況的に間違いなかった。

可愛がっていた猫を遠くへ捨てられたこともあった。ちゃんと飼っていたとは言いがたかったが、庭に住みついていて、真柴は名前を付けて餌《えさ》をやっていた。両親もなんとなく自分の家の猫という認識でいたのに、兄は独断で捨ててしまったのだ。

当時、真柴家の者たちは兄の顔色を窺っていた。高校受験で神経質になっていたから、腫《は》れものに触るような状態で、猫の件もなし崩しに流されてしまった。うちの猫ではなかったのだから諦めなさいと真柴は言われた。

それらのことを真柴は淡々と語った。

「中学のときの親友もね、いきなり転校していなくなりました。そのときはもう両親が離婚してて、兄貴は結構離れたとこで暮らしてたはずなんですけど、なんか急にうちのほうに来て、そいつと会ってて……まさかと思ってたら、本当にいなくなって……」

だからペットも飼えなかったと真柴は苦笑した。

「嘘ついてまで、うちにミルク連れてきたのは、そのため？」

「はい。もし知られたらって思っちゃって……。海外にいるんだし、何年も音信不通だってことは、頭ではわかってるんですけど、どうしても考えちゃって。現にいきなりこういうことになってるし」

真柴の口調は力がなかった。普段の彼からは想像もつかないほど弱っている。それだけ彼にとって兄の存在は悪い意味で大きいのだろう。

幼い頃から幾度となく繰り返された、兄の理不尽な行動。それによって植えつけられたものは、怒りだったり喪失感だったりしたのだろうが、時間を経ることによって、真柴のなかで恐怖に近いものに育ったようだ。

「お兄さんと、ちゃんと話したことは？」

「ないですよ。向こうだって俺なんかとは話したくないんじゃないですか。あの人は俺のことが嫌いなんですよ」

「そう言われたの？」

自嘲するような真柴の顔を、千倉は自分の肩口へと抱きよせる。甘えるように真柴はされるままだ。

小さく嘆息してから、真柴は長い腕を千倉の腰にまわした。

「はっきりとは言われてないですけど、態度は露骨でしたから。昔から俺のことはバカにしてましたしね。俺のやることは全部、否定してました」

「どういう人？」

「真面目《まじめ》な努力家……かな。俺と違って優等生で、頭もよかったですよ。俺みたいにそこそこ成績いいとかじゃなくて、全国模試なんかでもかなり上のほうで。大学も就職も一流のところへ行って……」

「でも真柴はサッカー中心の生活だったんだろ？」

「はい」

おそらく真柴という人間は、いろいろなことが努力しなくてもある程度できてしまうのだろう。間近で彼を見ていて千倉はそう確信していた。器用で呑《の》みこみも早く、仕事だけでなくプライベートでもそれがいかんなく発揮されている。

「毎日くたくたになって帰ってくる俺を見て、くだらないって吐き捨ててました。親が離婚して、俺は気が楽になりましたよ。それでも年に一回くらいは、親戚の集まりなんかで会いましたけど」

「プロになっても認めてくれなかったのか？」

「それどころか、俺がちょっと注目されるようになっただけで、ますます態度が硬化しちゃいましたよ。挙げ句に、たとえプロになれても、それで一生食っていけるわけじゃない、って言われて」

「それは……」

「ま、実際その通りでしたけどね」

真柴の口もとがシニカルに歪《ゆが》む。兄の言葉通りに、真柴はサッカーから離れることになった。その原因が兄なのだから、冷ややかな笑みになるのも当然だろう。

「膝のケガのこと、話してくれる？」

「くだらない話ですよ。ほんと……超くだらない。いきなり兄貴の彼女っていう女が、俺んとこに来たんです。兄貴のことで大事な話があるって」

「いきなり？」

「そうです。状況、ちょっと似てるでしょ？」

確かに真柴の兄も、いきなりコンタクトを取ってきた。話に出た彼女とは違い、いきなり会いに来たわけではないが、真柴は当時のことを思いだし、ことさらいやな気分になったのだろう。

「夜遊びしてた俺も悪いんですけど、とにかく家に帰ろうとしてたとこに待ち伏せくらったわけですよ。で、あんまりしつこいんで、ちょっと高台にあった公園に移動したんです。女といるとこ見られたくなかったし」

話しながら真柴は顔を上げていたが、そこには不快そうな表情が浮かんでいた。当然だ。

自分がケガをして、いろいろな人からバッシングを受け、挙げ句に選手生命を終わらせることになったきっかけなのだから。

「彼女の話って、なんだったの？」

「話なんかなかったんですよ。ようするに、兄貴をダシにして俺に近づいたってわけです。なんかいろいろ言ってましたけどね。最初から俺狙いだったとか、ファンだったとか、どうでもいいこと」

「それで？」

「兄貴がこっそりつけてきてて、女のトンデモ発言聞いちゃって、大もめですよ。目の前で修羅場。で、俺まで巻きこまれちゃって、階段から転げ落ちたってわけです」

渇いた笑いをもらした真柴だったが、それもほんのわずかのことだ。すぐに深い溜め息に取って代わった。

「酔ってたし、ちょっと油断しましたよね。まぁようするに、結局は俺が甘かったってことなんだけど。外で酒も飲んでたし」

苦い顔をする真柴がひどく可哀想《かわいそう》に見えて、千倉は彼の頭を抱きこんだ。子供をあやすように背中を軽く叩くと、肩に顔を伏せたまま真柴は千倉の背に縋りついた。

千倉は背中にあった手を真柴のケガをした膝にずらし、手のひらでそっと包みこんだ。すでに癒えた傷だ。だが過度な負荷をかけることは禁じられているのだから、見えない爪痕《つめあと》は心だけでなくこの膝にも残っているのだ。

「痛かったね」

「……うん」

「誰にも言えなくて、悔しかったよね」

本当のことは言えず、けれども嘘をついて犯人をでっち上げることもできず、真柴は黙って世間に叩かれた。元いた世界に戻ろうとしないのは、迷惑をかけたからという理由だけではないのかもしれない。

真柴はしばらく黙りこみ、やがて膝に置いた千倉の手を取った。

「俺が一番やるせなかったのはね、兄貴が謝ってくれなかったことなんです。俺がさんざん叩かれて、試合に出られなくなって、結局引退しちゃっても、なにも言ってくれなかった。自分は関係ありませんって態度で……」

親のことを考えたら、本当のことは言えなかったという。だから真柴の両親さえも、いまだに真柴は酔って見知らぬ相手とケンカしたと思っているのだ。

「兄貴はそれからすぐに海外行っちゃって……俺には逃げたようにしか思えなかった」

海外へ赴任してから一度も会っていないし、連絡も寄越さなかったと真柴は呟いた。野崎の動向を知らせてきたのは、なにも知らない彼らの母親だった。

「でも戻ってきたんだろ？」

「だから、怖いんです。直接俺になにかしてくるなら別にいい。でも千倉さんに兄貴がなにかしてきたらって思うと……」

「大丈夫だよ」

「でも」

「ちゃんと注意するから。僕だって、これでも立派に成人してるし、男だしね」

ゆっくりとした口調で言い聞かせてみたが、真柴の不安が払拭された様子はなかった。もとより千倉も、こんなことで真柴の不安が取り除けるとは思っていなかった。

わかっていても、いまはそれしか言えなかった。

職場は朝から大盛り上がりだ。

第一弾となるウェアが持ちこまれ、広げる場所がないということで、一番広い会議室を占領している状態だ。

さんざんデザインや素材や価格でもめた末に、ようやくサンプルまで漕《こ》ぎ着けた。その数、男女それぞれをあわせて約三十点だ。

「真柴くん、着てみてよ」

「いいですけど、ちょっとサイズ的に厳しいのもありますよ。服着てるとわかんないかもしれないけど、これで結構胸囲あるんで」

「ああ、それはわかる。いいよね、腰に向かってぎゅーっと絞れてる感じで。脱いだらすごそうよね。腹筋とかも」

同じ歳の女性社員は恥じらいもなく真柴の身体を褒《ほ》めた。冷静な顔をした妙齢の女性からこんなふうに言われたのは初めてで、どう反応したらいいものかと困った。いっそ酒の席ならば、いろいろと返しようもあるのだが。

「脚も長いし、腕も。頭小さいしなぁ……うん、八頭身だ」

なにやらチェックする厳しい目になっている。とりあえず彼女からは、色っぽい気配を感じない。男としての真柴に興味はないようだった。

真柴は手にしたカットソーを広げ、千倉を見やる。

「これ、千倉さんくらいのサイズですよね」

「うーん、サイズはいいけど、僕の場合はデザイン的に厳しいのもある気が……。これもたぶん似合わない」

千倉は手に取ったTシャツを見つめて、小さく唸《うな》った。確かにサイケデリックなプリントのTシャツは彼には似合わないだろうが、遊びがありつつもしっかりと基本を押さえたデザインは、誰が着ても問題ないはずだった。そのために何度もデザイナーと話しあいをしたのだ。

千倉の様子はいつも通りだった。仕事が忙しいのを理由に、真柴の兄との面会は断っている状態で、仕事に追われるあまり兄のことなどすっかり忘れているようだ。

「ああ、やっぱりこの素材、いい感じ」

「えーと、ネオレンセルですね。あとは色か」

「これは五色くらい展開しようという話なんだが……やはり最初だし、ベーシックなほうがいいよねぇ？」

「でもそれだけだと、地味っていうか、おもしろみがないんじゃないですか？」

「ちょっとくらいは遊びのラインも入っていいと思いますけど」

いろいろな意見が出て、少しずつ方向が定まっていく。もちろん資料に基づいてのことであり、春先にまとめたデータが役に立った。真柴の初仕事になった作業だ。

「黒とグレー、あとはチャコール。で……」

「一応、流行色も入れておきませんか？」

「うーん……でも、やっぱカーキも捨てがたいよ」

「真柴くん、どう思う？」

「うーん、あんまり暗い色じゃないほうがいいかなーとは思うんですけど」

全員であれこれと色見本から色を選びだし、ああでもないこうでもないと話しあう。もちろん千倉だって参加しているのだが、その口数はほかの誰よりも少なかった。

「千倉さんはどう？」

「コーディネイトしやすい色がいいかな、と。最初ですし、CHアルファのほうで出すものともあわせられるようにすると、ラインナップの少なさをカバーできるんじゃないでしょうか。売り場のこともありますし」

当面はCHアルファの売り場を間借りしつつ、自社の売り場にも置くことが決定しているのだ。そのために、点数は少ないが一点ずつの製造数はCHよりもずっと多くなっている。

千倉は実の姉に探りを入れ、同じ時期に出るCHのラインナップやカラーのデータを入手しているのだった。こっそり真柴にだけ教えてくれた。

「スモーキーなピンクなんかどうですか？　ピンクに抵抗がある人でも手を出しやすいし、差し色にもなるし」

「あんまり薄くしない感じね」

「はい」

「あー、グレーとか黒に映える」

「となると、あと一色は……」

それから二十分ばかり話しあい、もう一色は寒色系にしようということは決まった。一度〈ハナムラ〉に持っていって相談することでも意見は一致した。

話が一段落ついたところで、女性社員の一人がくるりと真柴に向きなおった。

「ところで真柴くん。ものは相談なんだけど、カタログモデルやってくれない？」

「は？」

「その自慢の肉体を、思う存分見せつけてよ」

「いや、別に自慢じゃ……」

真柴はたじろぎ、口ごもった。実際に、自分で言ったのは胸囲があるということだけだ。自慢なんてしていない。

だが女性社員は真柴の呟きなど聞いていなかった。

「その顔、そのスタイル、そのなんだかよくわからないけど派手なオーラ！　しかも元スポーツ選手。どこを取っても適任よ」

「ちょっ……待ってくださいよ」

「まず、聞きなさい。カタログって言っても、バイヤーとかプレス向けのものなの。一応、一般人の目に触れるようなものじゃないわ。髪を染めるとかウィッグとか、カラコンとかすれば、たぶん君だってことはバレないと思う。メイクもするし」

立て板に水だ。よく口がまわるものだとなかば感心しつつも、真柴は唸った。

「たぶん……ですか」

「絶対はないわよう。どこからバレるかはわからないし」

自信を持って言い切られて、むしろすんなり納得できた。絶対だと言われたら信用できないが、あまりないと言われればそうかと思える。

引退時に芸能界からの誘いを断ったのは、興味がないというのもあったが、兄の存在も大きかった。目立つことをして、兄を刺激したくなかったからだ。いまはタイミングとしてはあまりよくないが、関係者向けの資料ならば仕事の一環で説明もつくだろうか。

「お願いできないかねぇ、真柴くん」

「だめ？」

数人がかりで懇願する目をされ、無下に断ることはできなくなる。するにしても、もう少し悩む素振りは必要だ。

ちらりと千倉を見るとなにやら思案顔だった。あからさまに賛成はしていないが、反対の意思も見えなかった。

「はぁ……ちょっと考えさせてもらってもいいですか」

「前向きによろしくね」

期待の視線に、真柴は苦笑だけを返した。


千倉と出会ってから何度目の週末になるのか、正確な数は覚えていない。だが季節は確実に変わり、初めての夏がやってきている。スーツに身を包むのがつらいほど暑い日もあり、真柴は会社員としての自分にも慣れてきた。

千倉に言わせると、違和感が少し減ったそうだが、たんに彼が見慣れただけなのかもしれない。

「それで、どうするの？　モデルの話。そろそろ結論出すように言ってくれって、僕が泣きつかれたんだけど」

「ああ……」

いろいろなことを納得してしまった。時間的にもうギリギリだというのも、真柴に対する周囲の認識も。

傍から見ても真柴が千倉に懐いていることは明らかなのだろう。実際はそれだけではないのだが、第三者が知るはずもない。

「千倉さんはどう思いますか？」

「いいと思うよ。コストも削減できるし」

「ええー」

がっくりと肩が落ちた。まさかそんな理由をつけ足されるとは思わなかった。

「俺ならなに着ても似合いそうとか、モデルやってる俺が見たいとか、そういう理由じゃないんだ……」

「自分で言うところが真柴らしいね」

くすりと笑って千倉は駅への道を歩いていく。普段と変わりない帰宅風景だが、今日は千倉に用事があり、別々に帰ることになっていた。恒例になっている嘉威たちとの飲み会だ。前回からまだ一ヵ月たっていないが、そのあたりはきっちりと決まっているわけではないらしい。

「だって自分で言わないと、千倉さんは言ってくれないし」

「言わないけど、思ってるよ。実はちょっと楽しみにしてるしね」

「マジですか。うわ、だったらやります」

反射的に答えると、千倉は仕方がないものを見るような顔をした。

「そんなに簡単でいいの？」

「簡単じゃないです。これでもさんざん考えたんですよ。で、あとはもう背中を一押し、くらいになってました」

自分でも単純だと思っていた。千倉の一挙手一投足に踊らされてばかりいるが、それが心地いいとも感じている。いまの言葉は冗談まじりかもしれないが、彼は思ってもいないことは口にしない人だ。だから部分的には本心でもあるのだろう。

「じゃ、またあとで」

駅まで着くと、千倉は当然のように言って背を向けようとした。暗にマンションで待っていろということだった。

「送ります」

「いいよ。逆方向だろ」

「心配なんですよ。どうせこのまま帰っても、千倉さんが戻ってくるまで悶々としてるんだし、だったら店まで送ったほうがマシです」

「とか言って、混ざろうとしてるだろ」

「あわよくばね」

「だめだよ。今日は」

予想外にきっぱりと断られ、軽くへこんだ。ほかの誰に言われても平気だろうが、千倉の口からとなれば話は別だ。

「大事な話なんだ。相談があるって言われてるから、今日は当事者だけにして」

「真幸さんですか？」

「嘉威だよ」

「……向こうの駅まで送ります」

やはりどうあっても、このまま反対側の電車に乗ることはできなかった。

真柴が同じ方向の電車に乗りこんでも、千倉は嘆息するだけで咎《とが》めたりはしなかった。言っても無駄だと思われているのだろう。

混んだ電車に揺られて何駅が移動し、吐きだされるようにして車両からホームに降り立つ。そのまま一緒に改札まで行って、真柴も出ようとしたら、その前でくいっと腕を引かれた。

さすがに呆れ顔になっていた。

人の波から外れ、千倉は真柴を見あげた。

「ここでいい。駅前なんだ」

「だったら」

「いいから、帰りなさい」

少し強い口調になったものの、怒っているわけではないようだ。どちらかと言えば、聞き分けのない子供を叱《しか》っているような印象だった。

「過剰反応だよ。もしお兄さんが僕のところへ来たとして、なにができるの？　直接危害を加えるとか、そういうことじゃないんだから、大丈夫だよ」

「……わかってますけど」

頭ではいやというほどわかっていた。野崎亮一という男が、現在の立場や生活を捨ててまで、千倉に害を加えるとは思えない。だが直接でなければどうだろうか。人を雇って調べさせたように、第三者を動かしてなにかしないと言いきれるだろうか。

考えは悪いほう悪いほうへと向かってしまう。かつてないほど真柴は冷静さを失っていた。以前はこんなではなかった。ケガをしたときも、そのあとでサッカーをやめねばならなかったときも、兄に対しては失望と諦めの感情が大きく、いまみたいな恐れを抱いたことはなかった気がする。

やはり千倉が関わっているからだろうか。彼の存在が大事すぎて、真柴はこんなにも恐慌を来《きた》しているのだろうか。

「大丈夫、僕を信じて。君はミルクと遊びながら、待っててくれればいいから」

柔らかな笑みは優しいのに、有無を言わせぬ力強さがあった。自分でも常軌を逸しているとわかっているから余計に効くのだろう。

「……はい」

「いい子で待ってて」

軽く腕のあたりを叩いて千倉は改札を抜けていった。その姿が見えなくなるまで、真柴はその場で彼を見送った。

大丈夫だと自分を納得させ、改札に背中を向けた。

家へ帰るべくホームへ行くと、タイミングよく電車が入ってきた。そこそこ混《こ》んでいるが、苦になるほどではない。

(メシ、なんか買ってかないとな。あんま食欲……え……?)

乗りこんだ電車のなかから、なにげなく反対側のホームを見た瞬間に、あやうく真柴は思考が停止しかけた。

ホームには一番会いたくない人物に酷似《こくじ》した男がいた。さっき出ていった電車から降りたところなのか、改札へ向かって歩いているようだった。

何年も会ってはいない。だが見間違えるはずはなかった。

ピリリ、と駅員の笛が聞こえた。

とっさに真柴は人をかきわけてホームへと飛び出した。間違いなく迷惑がられ、非難の目を向けられただろうが、それを気にしていられるほどの余裕はない。

真柴は走り出し、人を縫うようにして階段を駆け上がった。

ただの偶然かもしれない。だがそうではない可能性だって同じくらいあるはずだ。

どちらでもいい。とにかく確認しないことには、不安で真柴がどうにかなってしまう。できれば会いたくないし、話もしたくなかったが、そんなことは言っていられなかった。

階段を上がりきったとき、すでに兄の姿は人混みにまぎれてしまっていた。必死で目をこらし、特徴のない後ろ姿を探した。

身長は特別高くもなく低くもなく、髪は黒くて短め、スーツの色はグレー。ざっと見ただけで、そんな男は何十人もいた。だがもし兄の目的が千倉ならば、さっき千倉が歩いていった方向にいるはずだ。

真柴は千倉の残像を追うように走った。するとかなり前方に、それらしい男の姿があった。もちろん後ろ姿だけだから確信はない。ただのカンだ。

地上へ出て、あたりを見まわしたときに、真柴は自分のカンが正しかったことを知る。一瞬だったが、忘れようもない横顔が見えた。

兄——野崎亮一が入っていったのはカラオケ店だった。

あの男がカラオケなんてするとは思えない。数年で変わった可能性は否定できないが、真柴の知る亮一は娯楽とは無縁の男だった。

どうしたものかと迷い、ふと思いついて携帯電話を取りだした。

やはり冷静ではなかったようだ。千倉に電話をするという、基本的なことをすっかり失念していた。兄に電話をかけないのは、番号を知らないからだ。

『はい？』

呼び出し音のあと、千倉の声が聞こえてきた。と同時に、後ろから歌声が流れてくる。近くで歌っている感じではなく、室内に流れているCD音源のものといった感じだ。ちょうどカラオケルームにいて、誰も歌っていない状態のように思えた。

「カラオケですか？」

『え？　ああ、うん。そうだよ。個室だと、まわりの耳を気にしなくていいからね』

「相談に乗る相手って、嘉威さんじゃなくてうちの兄貴じゃないんですか？」

『……どうしたの、いきなり』

一瞬の間に、真実を見た気がした。これだけ符合することがあったら、もう考えすぎではすませられない。

「どこにいるんですか。何号室？　カラオケ座ですよね？」

『真柴、落ち着いて。あ……ごめん、切るよ』

明らかに不自然な流れで一方的に電話は切られた。かけ直しても今度は出てくれず、真柴の焦りはますます募った。

タイミング的に、兄が部屋に着いたのだとしか思えなかった。

真柴はカラオケ店に飛びこむと、受付カウンターに駆けよった。勢いのせいか真柴の形相のせいか、真柴と同じ歳くらいの店員が少し引いたのがわかった。

「野崎か千倉で入ってると思うんですけど。ついさっき、一人で入って行った客、何号室ですか？」

「ちょ……ちょっと待ってください」

店員はひどく困惑した。ほかの店員と顔を見合わせ、アイコンタクトでなにか確認しあったあとで真柴を見た。

「あの、二人で一時間ってことなんで……」

「身内です。ちょっと緊急で」

「あの、それじゃ確認しますから、お待ちください」

たじろぎつつも、店員は内線をかけようとした。そのとき押した番号を、真柴は見逃さなかった。死角になっているから、はっきり見えたわけではない。だが指の動きとこのビルの階数などから、なんとなく目星はついた。

「あっ……」

真柴は受付を離れてエレベーターに向かった。小さく聞こえた店員の声は無視した。

ちょうどよく一階で止まっていたエレベーターに乗りこみ、迷わず十階のボタンを押した。このビルは十階建てだし、さっき店員が押したボタンの数からして、この階だろうと目星をつけた。

エレベーターに近い部屋から一つ一つチェックしていく。ドアに塡《は》めこまれたガラスは、はっきりとではないが中が見えるから、大勢で騒いでいるような部屋は素通りした。

いくつ目かの部屋で、こちらを見ている千倉の姿を見つけた。

真柴は勢いよくドアを開け、千倉に近づいていく。内線電話を壁に戻すために、千倉は立ちあがっているところだった。

亮一の視界から隠すようにして前に立ち、座ったまま見あげてくる実兄を見つめ下ろす。兄と真正面から向きあうのは何年ぶりだろうか。もう長いこと、こうして正面から顔を見たことはなかった気がした。

「千倉さんを巻きこむな。この人になんかしたら、許さねぇからな」

思いがけず低い声になったが、冷静さは失っていなかった。動揺も恐れもなく、あるのは千倉を守らねばという強い意志と、実の兄に対する純粋な怒りだ。

「初めて怒ったな」

久しぶりに聞いたその声は苦笑まじりだった。その顔つきも、記憶しているより穏やかに感じる。そしてたったの三年あまりで、やけに老けた気がした。亮一は千倉と同じ歳のはずなのに、まるで三十をとっくに超えたような雰囲気があった。

「まったくもう……店員さんが慌てちゃってたよ。もう少し穏便《おんびん》にね。はい、まずは座って。なに飲む？」

千倉は真柴を無理に座らせ、メニューを渡した。その様子は普段と変わりなく、気負っているほうがバカみたいに思えてくる。

「ちょっ……千倉さん？　頼むんですか？」

「すぐ帰る気だった？　だめだよ。せっかく来たんだから、ちゃんと話さないとね。きっと喉《のど》が渇くよ」

「……なんでもいいです。任せます」

いくぶん毒気を削《そ》がれた真柴は、メニューを見ることなくテーブルに戻した。そんな態度を咎めることはせず、千倉はふたたび内線をかけた。

「注文お願いします。ハイボール二つと、カシスオレンジ一つ。はい、お願いします。先ほどはお騒がせしてすみませんでした」

受話器を戻し、千倉は真柴の隣に座った。向かいの席にいる亮一は無言のまま、そんな千倉を見つめている。

好きな人を兄が見ているというだけで、たまらなく不快だった。

「こうなった以上は、誤解を解かないとね」

「誤解？」

「あ、その前に野崎さん。まずは謝罪が先だと思いますよ。僕が取りなすにしろなんにしろ、謝らないと始まりませんせん」

柔らかだがきっぱりとした口調で亮一を窘《たしな》める。てっきり不快感をあらわにするかと思いきや、亮一は神妙な顔で小さく頷いた。

驚いた。こんなに素直な反応をする亮一を見るのは初めてだった。

「野崎さんはね、君との関係修復を望んでるんだよ。僕は仲介役」

「修復……？」

いまさら、とあやうく口にしかかった。言わなかったのは、亮一ではなく千倉の反応を気にしたからだった。

そう簡単に警戒心を解けるわけがない。いくら千倉の言葉でも、受けいれられないことはあるのだ。

「圭太」

亮一は膝の上に手を置き、姿勢正しくまっすぐに真柴を見つめる。

「あのときのことを謝らせてくれ。いまさらだと思っているかもしれないが、本当に申し訳なかった」

そう言って頭を下げたのは、本当に自分の兄なのだろうか。よく似た別人ではないのか。

真柴はなかば本気で思った。

「取り返しのつかないことをしてしまったと思っている。あのときは逃げてしまったが、ずっと後悔していたんだ。おまえの人生を変えてしまったことが、怖くてしかたなくて、それで何年も……」

「真柴が就職したって聞いて、それで決心がついたんだって」

補足するように千倉は続けた。短時間でそこまで話せるわけはないから、事前に電話であらかたのことは話したのだろう。

返すべき言葉は出てこないから、無言のまま亮一を見つめ返した。

急に対面することになって謝られて、どうしていいのかわからない、というのが正直な気持ちだった。

「僕はずっとおまえに嫉妬してたんだと思う。羨《うらや》ましくてしかたなかったよ。特に子供のころは、おまえのものがなんでもよく見えた」

壊したオモチャは、本当は亮一自身が欲しかったものだったらしい。だがお兄ちゃんだから我慢しなさいと言われ、悔しさのあまり壊したのだと亮一は告白した。

「子供だったからな、つい意地悪もいろいろとしてしまった……」

「は……」

数々の仕打ちは、亮一にとっては「意地悪」の範疇《はんちゅう》らしい。だが真柴にしてみれば、嫌がらせ以外の何ものでもなかった。

「意地悪でクワガタ殺すんだ？」

「わざとじゃなかったんだよ。触っていたら挟まれて、とっさに振りはらったら、机に当たって死んでしまったんだ」

「猫を捨てたのは？」

「あれも……嫉妬、いや八つ当たりだ。あの猫は僕にだけまったく懐かなかったからな。それにあの当時の僕は、まともな精神状態とは言えなかった」

一つ一つに真柴が思っていたのとは違う意味があったらしい。だが猫を捨てていい理由にはならないし、ここで種明《たねあ》かしをされたところで、すべてを水に流すことなどできなかった。そこまで真柴は単純にできてはいない。

なんとも言えずに黙っていると、ふと視界に動くものが入ってきた。ノックの音がして、ドア越しに店員の姿が見えた。

「失礼します」

入ってきたのは、さっき受付にいた店員だ。真柴が最初に声をかけ、内線電話をこの部屋にかけた青年だった。

「ハイボール二つと、カシスオレンジになります」

「さっきはすみません」

「あ、いえ」

店員は引きつりながらも笑顔を作った。さっきの真柴に詰め寄られた彼は、なにかトラブルが起きると覚悟したことだろう。

最後まで曖昧に笑みを浮かべたまま、店員はそそくさと退室していった。

入り口に一番近い千倉が、ドリンクをそれぞれの前へ配った。カシスオレンジは自分が飲みたかったようだ。

真柴はふっと息をつき、あらためて亮一に向きなおった。

「俺の中学のときの親友……伊沢《いざわ》って覚えてるか？」

「転校して大阪へ行った子だろう？　もちろん覚えてる。あの子は悪い仲間とつきあいがあったからな。バレたら新聞ネタになるようなこともしてたよ」

「嘘だ……」

「気持ちはわかるが、本当のことだ。あの子は圭太を巻きこむようなことはしないと言っていたが、急に転校したということは、なにかやらかしたんだろうな。学校側はうまく揉《も》み消したらしいが……」

「本当になにかしてれば、噂くらい立ちそうなもんだけどな」

「それだったら、僕が確認を取ったよ」

千倉の声に、真柴は目を瞠った。

「え？」

「君の中学のときの同級生に連絡を取って、親友の名前と連絡先を聞いて、本人と直接話してみたんだ。お兄さんの言ってることは本当だよ」

「千倉さんが……？　いつの間に……」

「二回目にお兄さんと話したあとにね。もう何度か話をさせてもらってるんだ。それで、真柴がいろいろと誤解しているんだろうなって、わかったから」

起きたできごとは一つも違っていない。だが一方の目から見ただけでは、本当のことまではわからないものだと千倉は続けた。

兄の言葉だけならば、とても信じることはできなかっただろう。だが千倉が言うならば、そうなのだろうとすんなり納得できた。

「おまえが来たって聞いたときは驚いたが、かえってよかったよ。別の機会を作ることになっていたら、きっとそのときまで僕は仕事にならなかった」

冗談めかした口調は、それなりに本心のようだった。とはいえ、真柴が知る兄というのは四角四面で冗談一つ通じない人だったから、いまの言葉にすら驚いた。人はいつまでも同じではないということだ。

真柴が少しずつ変わったように、亮一だって変わったということなのか。

漠然とそう思いはしたが、警戒心はまだ解いていなかった。大きな溜め息をついてから、真柴は口を開いた。

「あんた、やることが普通じゃないんだよ。普通、弟の身辺調査なんかするか?」

「それは……おまえが、変な女に引っかかったらと思って……」

「は?」

真柴は啞然とした。頭が理解することを拒否していた。

「過保護ですね。年ごろの娘を持った父親みたいだ」

苦笑まじりに千倉が言うと、亮一はひどくバツの悪い顔をした。自覚があったのか、それとも言われて初めて気づいたのか、いずれにしても自分の行為が普通ではないことは承知したらしい。

「その、責任を感じているんです。僕のせいで圭太の人生が狂って、それでもし変な人間とつきあって、悪い方向に行ったらと……」

「勝手に責任感じてんなよ。俺は俺で、それなりにやってるよ。サッカーやめたからって、転落人生みたいに言われるのは腹立つんだけど」

「すまない……」

一度謝ったら、まるで詰まっていたものが取れたように、亮一の口からは自然と謝罪の言葉が出てくるようになった。

拍子抜けしてしまう。

「それで、その……千倉さんとは、どういう……？」

「会社の先輩なのは知ってるだろ」

「当然だろう。僕が知りたいのはそれ以外の意味だよ。千倉さんは、おまえの恋人……なのか？　週末ごとに泊まってるというのは本当なのか？」

「どうせ調べたんだろ」

よほどの確信がなければそんなことは言わないだろう。真柴が週末ごとに泊まっているのを、亮一は恋愛関係があってのことだと判断したわけだ。あるいは真柴と千倉の間に流れるものを感じとって、そう思ったのかもしれないが。

「調べたよ。だから訊いてるんだ」

「毎週泊まってんのは、千倉さんちに猫がいるからだよ」

「猫……？」

「俺が拾って、千倉さんに押しつけたんだ。で、なんか一緒にいるうちに、千倉さんのこと好きになっちゃって、口説いてる最中」

「おまえが？」

信じられないといった顔をされ、真柴は舌打ちしたくなった。亮一の認識がどういったものなのかわかってしまった。

亮一は、真柴から男に惚れたとは思っていないのだ。千倉が同性愛者で、真柴を誘惑したのだとでも考えたに違いない。

真柴は思わずじろりと亮一を睨みつけていた。

「そうだよ。俺のほうから、恋人にしてくれって縋りついてんの。千倉さんはゲイじゃないから、なかなかいい返事もらえないけどな」

「おまえだって……」

「うん、俺だってゲイじゃないつもりだけどさ。実際、男に惚れちゃったからなぁ」

だからすべて自分の意思でしていることであり、千倉によってこちらの道に踏みこんだわけではない。これだけは亮一に理解させねばと思った。

しばらく言葉は返ってこなかった。混乱しているのかもしれない。

やがて無言だった亮一は小さく息をもらした。

「そうか……」

「どうする気なんだよ」

「別にどうもしない。確かめたかっただけだ。千倉さんがきちんとした人なのは、わかっているよ。聡明で、人柄もいい」

溜め息まじりではあるが、そこに非難の色はなかった。むしろ千倉の人格を認め、評価している。

嬉しいが、おもしろくなかった。複雑なこの心境は、恋する男として当然の反応だろう。

「ものわかりがよすぎて気持ち悪いな」

「僕は干渉できる立場にないってことが、ようやくわかったんだよ。おまえはもう大人なんだな」

「当たり前だろ」

ようするに子供扱いだったと言われたようなものだ。だが真柴に言わせれば、亮一こそが大人だったとは思えなかった。

亮一は微苦笑を浮かべて真柴を見ると、すぐに千倉に目を移し、寂しそうに微笑んだ。

「いまはもう、千倉さんもいてくださるし。僕の出る幕はないようだ」

「いいんですか？」

そっと千倉が尋ねた。

「正直なところ、男同士というのは理解できません。でも千倉さんのお人柄は、好ましく思ってます。圭太の親友だったら……と思いますけどね」

「親友にもなれると思いますよ。歳は少し違いますけど、仕事を離れれば対等になれるんじゃないかな。僕は弱点がいろいろとあるので、フォローしてくれるときの真柴くんは、とても頼もしいんです」

同意を求めるように視線を向けられ、真柴は戸惑いながらも頷いておいた。千倉の役に立っているという自信は多少あった。

だがそれよりも真柴の頭のなかは、千倉の言葉を深読みすることで忙しかった。

親友にも、と言った。にも……というからには、前提として恋人があるのではないだろうか。一応いまも仮の恋人ではあるが、いまの千倉の言い方にはもう少し踏みこんだ響きがあったような気がしてならない。

たぶんに希望的観測かもしれないが。

真柴はまだ口も付けていなかったハイボールを半分空け、ほっと息をついた。自覚はなかったが、緊張感のためか、口のなかがカラカラに乾いていたようだ。

「俺はいまの仕事に満足してるし、ケガのことはもういいんだ。サッカーやめたから、千倉さんとも会えたわけだし」

「圭太……」

「あんたもさ、もう俺なんかにこだわってないで、好きにやってろよ」

「しているよ。仕事が好きなんだ」

「なんか、今日一番あんたらしい言葉だよな」

ようやく力の抜けた笑みがこぼれ、緊張感も薄らいでいった。目の前にいる兄のことを恐れる気持ちはもうなかった。

打ち解けるのは難しいだろうし、これから信頼関係を築けるかどうかもあやしい。

だが今日のことが無駄でなかったことは事実だった。


帰りのタクシーのなかでは互いに無言だった。

結局、カラオケ店にいたのは三、四十分というところだった。話すことはなくなったものの、向かいあって食事をする気分でもなかったため、早めに解散になったのだ。歌うなんていうのは論外だろう。

「ただいま」

ミルクしかいない部屋に戻って、千倉はまず最初にそう言った。声と表情が甘くなっているという自覚はある。骨抜きになった飼い主そのものといった感じだが、まぁそれも悪くないと思っていた。

真柴は目を丸くし、ほうけた調子で呟いた。

「千倉さん、いつもそうなんですか？」

「そうだけど」

「えー、そんな可愛い顔して、ミルクと話したりしてるんですか」

「話すって……普通に挨拶しただけだよ」

相変わらず撫でたり抱っこをしたりということはしないが、近くに寄ってきても硬直することもなくなった。毎日接しているうちに、ミルクは怖くないのだということを、身体が覚えたのかもしれない。

「そっか……ただいま、ミルク」

真柴が頭を撫でると、その足にミルクは頭をすり寄せていった。

そのあいだに千倉は皿に餌を入れ、水を換えた。最初の頃はおぼつかなかった手つきも、いまではすっかり慣れたものだ。それから風呂に湯を張った。

音を聞きつけて洗面所に入ってきたミルクは、すぐに食べ始めてうにゃうにゃ言い始めた。声なんだか音なんだか、いまだによくわからない。

入れ違いに千倉は廊下へ出た。

「ちょっとミルクのこと見ててくれる？」

「あ、はい」

真柴を残して千倉は部屋に行き、スーツから部屋着に着替えた。すぐに真柴を呼んだら不自然な気がするから、勝手に来るのを待つことにし、キッチンで軽い食事の用意を始めた。

なんとなく今日に限って真柴の前で着替えたくなかったのは、千倉のなかで確実に変わったものがあるためだろう。

いままでさんざん目の前で着替えをしてきた。そのたびにうろたえていたのは真柴で、千倉は普通に服を脱いでいたものだ。気を使っていつも真柴が顔を背《そむ》けたり、後ろを向いたりしていたのだ。

男同士だから気にしない、というのが千倉で、好きだから意識してしまうのが真柴。ずっとその図式だったのに。

「うーん……」

自分でもいつ意識が変わったのかわからない。思えばここのところ、真柴がいないときを狙って着替えていた。

キッチンで火を使い始めると、ようやく真柴が部屋にやってきた。

「あ、手伝います」

「いいよ、ミルクの相手してあげて。あるものでいい？」

「もちろん。あ、それともなにか買ってきますか？」

「食べたいものがないなら、なんとか間に合うよ」

先週末に作って冷凍しておいたビーフシチューがあるし、ナスがあるから炒め煮でもしてしまえばいい。前者は真幸からレシピを教えてもらったもので、嘉威の好物らしいが、真柴もかなり気に入ったようだ。あとはパンと、ある野菜でサラダでも作ればいいだろう。

支度は十分もしないうちにできた。トースターで焼いたパンに、真柴が買ってくるビールをグラスに注いで添えれば、それなりに見映えのする食卓になった。

「いただきます」

「ごめんね。先週と同じような食卓で」

「別に続いたっていいですよ。好きだし」

いつものように真柴は旺盛な食欲を見せた。たったの一時間前には実兄と深刻な顔をして話しあっていたのに、まったくそれを感じさせなかった。

「真柴って、まわりが見えなくなるタイプだったんだね」

「え？」

「受付の店員さんから電話があったときは驚いたよ」

「すみません」

「いや、内緒にしてた僕も悪かったから。ちゃんと話して、最初から一緒に行けばよかったんだよね」

それをしなかったのは、亮一が渋ったからだ。彼が真柴に会う決心がつかないとかで、ぐずぐず言っていたので、活を入れる意味もあって会うことにしたのだった。謝罪の意思は固まっていたのだが、最後の一押しがなかなかうまくいかなかったので、今日のアクシデントはかえってよかったとも言える。

「あんな怖い思いしたの、初めてでしたよ」

「ええ？」

「千倉さんと兄貴が一緒にいるって思ったとき、血が下がってく感じがして……しかも、あんな場所でしょ」

「あんなって……」

「密室ではないけど、二人きりじゃないですか。心配しましたよ、そりゃ」

「考えすぎ。でも、真柴の認識だと仕方ないのかな。きっと僕と同じだったんだね。僕が猫を怖いと思ってたのと一緒で、真柴のなかでお兄さんは、必要以上に怖い人になってただけなんだ」

「……そうかもしれない」

「でもね、真柴。お兄さんは、真柴のことが好きだし、大事に思ってるんだと思うよ。ただ、いろいろと極端な人なんだよね」

「………」

「僕は君のほうが大人だと思うけど、お兄さんにとっての君は、いつまでも子供のままだったんだろうな」

「まぁ、そうだったみたいですね。正直、俺が羨ましいとか大事とか言われても、全然ピンときませんけど」

「そう？　君のやることを否定したのも意地悪も、羨ましかったからだろうと思うよ。たぶん複雑な話じゃないんだよ。お兄さんと電話で話したときに言ってたけど、君がサッカーで注目され始めたとき、応援したい気持ちと、君が手の届かない遠くに行ってしまうっていう焦りが、同じくらいあったんだって」

その頃にはすでに、兄弟の関係は破綻《はたん》しかけていた。真柴は亮一の言動すべてを警戒し、なにを言ってもストレートに伝わらない状態になっていたし、そんな真柴に歩み寄ろうと思うほど当時の亮一は大人でもなかったのだ。

そして真柴のケガにより、溝はさらに深まったし、距離もますます遠くなった。

「少しは気持ち、軽くなった？」

「……はい」

戸惑いながらもしっかりと頷くのを見て、千倉は笑みを浮かべた。真柴の憂いが取りのぞかれたことが嬉しかった。もちろんすべてではないだろうが、亮一との件が大きかったことは間違いない。

食事を終えると、真柴が片づけを始めた。ミルクは部屋の隅で丸くなっている。

「先に風呂に入ってくるね」

言い置いてバスルームに向かい、髪と身体を洗ってバスタブに身を沈める。入浴剤は同僚の女の子がくれたものだ。

無意識にふっと息がもれた。

足を伸ばせるほど大きくはないバスタブだが、やはり湯に浸かっているとゆったりした気分になる。

目を閉じると、いろいろな考えが頭に浮かんできて、それを整理するのに少し手間取った。

「よし」

小さな声は意外とバスルームに響き、自分の声に笑ってしまう。そうしたらまた少し気が楽になった気がした。

風呂を出てパジャマ代わりにもなるルームウェアを着て、髪を乾かした。

鏡に映った自分の顔は、少し緊張しているようだった。

部屋に戻ると真柴は膝にミルクをのせ、頭や喉を撫でてやっている。近くによれば、ゴロゴロと喉を鳴らす音が聞こえた。目を細めていて、本当に気持ちがよさそうだ。

やはり可愛い。可愛いのに、千倉はまだ抱いてやったこともなければ膝にのせたことも、撫でてやったこともなかった。

「今日は風呂沸かしたんですか」

「たまにはお湯に浸からないとね。エアコンで結構冷えたりするし」

傍らに座り、間近でミルクを見つめた。以前だったら絶対に無理な距離感だ。思いきって飼ってみてよかったと、あらためて思った。

「羨ましかったりします？」

「ん？　うーん……まぁ、少しね」

「じゃ、やってみますか」

冗談めかしたいつもの提案だ。ミルクを飼うようになってから、幾度となく繰りかえされてきたことだった。

いつも千倉は断っていた。だが今日は……と決意する。

「うん」

「えっ？」

「膝にのせてくれる？」

じっと見つめて言うと、真柴は困ったように目を動かした。

「ヤバい。いま、違う意味に聞こえた」

「ああ……僕かと思った？」

「ちょっと願望入ってたな。えーと、じゃいいですか？　ミルク、移動させますよ」

「うん」

やや身がまえつつも、千倉はミルクが膝にやってくるのを待った。思えば飼い主だというのに、千倉はミルクの重さも知らない。

真柴の手が掬《すく》いあげるようにしてミルクを抱き、ゆっくりと千倉の膝の上に下ろした。

布越しに温かさを感じた。

「軽いんだ……」

「これでも最初のときに比べたら、重くなったんですよ」

千倉は少しずつ指先を近づけ、そっとミルクの背を撫でてみる。思っていた以上に柔らかな感触に、笑みがこぼれた。

「ふわふわだね」

「はい」

頷きながらも、真柴の目は千倉に釘付けだ。彼の目には、千倉の笑顔だってミルクに負けないくらい、ふわっとしているように見えた。

「子猫だからかな。父の実家の猫は、ここまでふわふわじゃなかったよ」

「可愛いでしょ」

「うん、可愛い。でもね、真柴も同じくらい可愛いよ」

「はい？」

聞き間違いかと思った。真柴に言わせれば、自分なんかよりも千倉のほうが、ミルク並みに可愛いのに。

呆気《あっけ》に取られて千倉を見つめていると、千倉の笑みがさらに柔らかくなった。

「今日ね、真柴。ちょっと嬉しかったよ」

「なにがですか」

「あんなに血相変えて来てくれて、愛されてるな……って、思った」

「当たり前です。愛してます……！」

本当に血の気が引くような思いだったのだ。いまとなっては笑い話だが、あのときは心配で怖くてたまらなかった。何度か震えたように記憶している。

気持ちを伝えたくて、抱きしめるために手を伸ばしかけた。

「それでね、僕は真柴のことが可愛くて仕方ないんだって、わかったよ」

「ち……千倉さん……」

途中で止まった手を取られ、ぎゅっと握られる。男にしては細い指に、ひどくドキドキさせられた。

この指をしゃぶってしまいたいと思い、不埒《ふらち》な考えを必死で振りはらう。

なのに千倉は、そんな必死の努力を無駄にするようなことを言った。

「君のことが好きだよ。真柴、君にだったら、抱かれてもいいって思うくらい」

目の前で千倉が浮かべたのは、いままでで一番きれいな笑顔だった。

真柴は固まってしまい、少し遅れてじわじわと言葉の意味を理解した。まるでゆっくりと水が染みこんでくるみたいだった。

「い……いいんですか？」

「真柴が可愛いから、言うこと聞いてあげたくなるんだよ」

絆《ほだ》されたというのが一番近いのかもしれない。いつも一番そばにいて、頼りになるところも弱っているところもすべて見た。守ってあげたいと思うし、背中に庇われたときに縋りつきたいと思った。

どんな真柴でも同じように愛《いと》おしく、楽しいときもつらいときも、真柴の一番近くにいて、手を繋いだり抱きしめたり、背中を押したりしたい。

「真柴。僕たち、ちゃんと恋人になろう」

「夢だったらどうしよう……」

「つねってあげようか。あ、それともこっちのほうがいいかな」

千倉はくすりと笑い、ほうけている真柴の唇にキスをした。軽く触れあわせたあと、舌先で下唇を舐《な》め、痛くないように軽く歯を立てた。

何度もキスはしていたが、千倉からというのは初めてだった。

「初めて……ですよね」

「うん」

「撤回はなしですよ。本気にしますよ」

「いいよ。僕は女の人みたいに小さくもないし、柔らかくもない。それでもいいなら、君の膝にのせてくれる？」

さっきの勘違いに引っかけて言うと、返事の代わりに真柴はぎゅうぎゅうと千倉を抱きしめた。

気が変わらないうちに、と真柴はミルクを廊下の猫ベッドに移動させ、部屋との仕切りになるドアをしっかりと閉めた。

「明かり、どうします？」

「常夜灯にしてもらえるかな」

さすがに明るすぎるのは遠慮したい。恥ずかしいというのも多少はあるが、身体に自信がないから、あまりはっきりとは見えないほうがいいと思った。

ベッドにただ座って待っているのも間が保《も》たないが、勝手に脱ぐのも興醒《きょうざ》めだろう。生憎《あいにく》と、色気のある脱ぎ方なんて知らない。

「緊張してます？」

「それは、まぁ……」

ベッドに座った真柴は、すぐには触れてこようとしなかった。気遣ってくれているのかもしれないし、たんに余裕を見せたいのかもしれない。

千倉は下を向き、ふとベッドがセミダブルでよかったと思った。真柴は長身だし、男同士なのだから、これでも充分な広さとは言えないが、シングルよりはまだマシだろう。

真柴の表情がはっきりと見えるということは、千倉も見えるということだ。いまさらながらに恥ずかしく思えてきた。

「やっぱり全部消してもらおうかなぁ……」

「えー、見たいのに」

「見たっておもしろくないよ。普通以下の貧相な身体だよ」

肉体美なんて言葉とは縁がない身体だ。余計な肉がついていないのは幸いだが、ようはただ痩《や》せているだけなのだ。

「じゃあ、確かめてみていい？」

「……うん」

真柴は緊張しながらも、やはり嬉しそうだ。千倉の服を少しずつ脱がし、ときどき宥めるようにして肩や首に唇を落とす。

最後の一枚まで取られると、さすがに身体が硬くなった。立場が違うと意識も違うものなのだ。

ベッドに倒され、全身を見られた。

千倉は視線をなにもない場所に向け、真柴の視線が身体の上を滑っていくのを感じていた。

「貧相だろ」

「なに言ってんの。千倉さんのカラダ、なんか十代みたいなんだけど」

予想外の答えに、きょとんとした。意味がよくわからなかった。

「子供っぽい……ってこと？」

「違うよ。若いってこと。華奢《きゃしゃ》で、すっきりしてて、肌だってすべすべじゃん」

ちゅっ、と音を立てて鎖骨の下を吸った真柴は、覆い被さるようにして視線をあわせ、ひどく満足そうに微笑んだ。

どんな顔も魅力的だ。惚れた欲目というやつかもしれない。

真柴は唇を塞《ふさ》ぎ、舌先を深く絡《から》めてきた。若いのに真柴は結構キスがうまい。千倉が下手《へた》なだけかもしれないが、いままで何度も気持ちよくなってしまって、その気にさせられかけてきた。

「ん……」

鼻に抜ける自分の声がやけに甘ったるい。だがいままでと違うのは、その気になってしまってもかまわないということだ。どうでもいいことを考えて、わざと気を逸《そ》らさなくてもいいのだ。

口のなかをいやというほど舌先でいじられて、頭のなかがぼうっと霞《かす》んでくる。

大きな手のひらが、あるいは指先が、千倉の身体中を這いまわり、ざわりとしたあやしげな感覚をあちこちで生みだしている。

やがて胸に辿《たど》りついた指先が、やわやわと小さな粒を弄《もてあそ》びはじめた。他人にいじられるのはもちろん、自分でもいじったことなどない場所だ。

刺激を与えられ、尖ったそこを指先で摘《つま》まれると、身体の奥底からじわじわと快楽の欠片《かけら》が這い上がってくる。

「ふ、っ……ぁ……」

自然と息がもれた。あるいは声なのかもしれない。

こういう感じ方は初めてだった。

自分も知らない自分が暴き出されてしまいそうな予感がして、千倉はわずかに身体を震わせた。

期待と恐れが、同時に千倉のなかで湧《わ》き起こっていた。

一度意識したせいなのか、さっきよりもずっと快感が強くなった気がする。指先できゅっと胸を摘まれると、肌にぞくぞくとした痺れのようなものが走った。

「なんか……感度よさそうですよね。可愛いなぁ」

ちゅっ、と音を立てて、真柴は胸の粒にキスをした。それから反対がわをさっきまでと同じように指先で愛撫《あいぶ》する。

「あんまり期待、されると……困るよ」

「えー、充分ですよ。だって初めてでしょ」

「……されるのはね」

正直なところ、勝手が違いすぎて、そう多くもない経験はあまり役に立ってくれない。本当に初めてのときよりもずっと緊張しているくらいだ。

「いまさらなんだけど、やり方わかってる……？」

「はい。とりあえず、頭では」

同性を相手にするのが初めてなのは同じだが、真柴のほうはずいぶんと余裕がありそうに見える。いや、本当はないのかもしれないが、彼があまりにも嬉しそうで、千倉からは緊張が見えないだけかもしれない。

「大丈夫ですよ。ゆっくり、やりますから。約束は守んないと」

「約束？」

「気持ちよくしてあげる、って言ったやつ」

「ああ……」

「いい思い出にしないと、あとに響くし。っていうか、単純に千倉さんが気持ちよくなってるとこ見たいです」

真柴の欲求は清々《すがすが》しいほどストレートだ。そしていま一つ理解できない。

「見たいの……？」

「はい。だってそのほうが俺だって嬉しいですよ。楽しいし」

千倉はそんなふうに思ったことはなかった。自分の快感だけを追求していたわけではなかったし、相手を喜ばせようという気持ちもあったが、それはなかば義務的な意味であって、それ自体を楽しんでいたわけではなかった。もともと性的な欲求が希薄なせいかと思っていたが、根本が違うらしい。

「……そうなんだ」

言われてみれば、確か嘉威からもそんなようなことを聞いた覚えがある。他人《ひと》ごとだし、嘉威の惚気《のろけ》は鬱陶しいので聞き流していたが、いろいろと話していたような気がする。あのカップルは床《とこ》事情で揉めていたことはなかったはずだが、最初から役割分担もすんなりと決まったのだろうか。あるいは嘉威の性格的に、最初から主導権を握って放さなかったのかもしれないが。

「千倉さん、なに考えてるんですか？」

「あ……うん、ちょっと……嘉威たちのこと」

正直に答えると、真柴は大きな溜め息をついた。

「なんで初エッチの最中に、ほかの人たちのこと考えるかなぁ」

「ごめん」

「いいです。考えさせる余裕作った俺が悪いんで、もうちょっと頑張ります。もうね、そういう余裕、奪いますから」

変なことでスイッチが入ったらしい真柴は、中断していた愛撫を再開させ、執拗《しつよう》に胸を吸った。それから舌先で、くすぐるようにして尖った先端をつつき、転がすような愛撫にする。

「ぅ……んっ」

腰から腿《もも》、膝へと下りていった手が、今度は内側からゆっくりと這い上がる。肝心なところへは触れず、薄い皮膚を撫でていく手の感触が、千倉の肌をざわめかせた。

余計な言葉は気を散らすことになると学んだせいで、真柴はときどき返事のしようもないことを囁くだけだった。

甘い声が勝手にこぼれた。

「千倉さん、可愛い……」

不思議とその囁きは、すんなりと耳に入ってくる。邪魔になるどころか千倉をうっとりとさせ、感覚を鋭くさせるまじないのようだ。

「あっ、ぁ……」

胸をしゃぶるのはそのままに、長い指の先が千倉の下肢を捕らえた。

繊細に撫でられただけで、身体中の力が抜けていく。まるで吸い取られるように、身体がぐにゃぐにゃになってしまう。

名残惜《なごりお》しげに唇が胸から離れ、たっぷりと予告をするように下肢へと向かう。

舌先でそこを舐《な》められたとき、無意識にびくっと腰が跳ねあがった。うろたえたような声も出ていた。

絡みつく舌が生む感触に、溶けてしまいそうになる。

「ああ……っ、ん」

気持ちがよくてたまらない。理性を失うほどの快感なんて味わったことはなかったのに、真柴とならばその域に踏みこんでしまいそうな気がする。

声だって出すほうではないと思っていた。そういうところも含めて、自分は淡白なのだと認識してきたのに、奥底から泉のように湧きあがってくる快楽に声が止まらない。息なんかじゃなく、自分でも驚くほどの甘ったるい喘《あえ》ぎ声だ。

感じているのを知って、ますます真柴はねっとりと舌を動かし、口に含んで何度も扱《しご》いては、指先で膨《ふく》らみをいじった。

真柴の手管《てくだ》に翻弄《ほんろう》されている自分がなんだか悔しい。いまさらだが、真柴は後輩で新入社員で、四つも年下なのに。

「ほん……と、に……男、初めて……？」

思わず問いかけると、真柴は不本意と言わんばかりの顔をした。

「千倉さん以外の男なんて、ごめんですよ。っていうか、無理。できませんって」

「じゃ、なんでそんなにうまいの……」

「探り探りですよ。千倉さんが喜ぶとこ攻めてるだけだし。俺がうまいってよりも、千倉さんが敏感なだけだと思うけど」

そんなはずはない、と言おうとして開いた口は、濡《ぬ》れた声をもらして終わった。いきなり真柴が愛撫を再開したからだ。

千倉は両手で真柴の髪をぐしゃぐしゃにし、ベッドの上で身悶《みもだ》えた。

否定することも許さないというように、真柴は千倉に声を上げさせた。

身体の熱が集中し、出口を求めて荒れくるっている。早く解放されたくて、千倉は細い身体をくねらせた。

待っていたように、強く吸われた。

「あぁっ……！」

びくんと身体がしなり、求めていた絶頂が唐突に訪れる。頭の後ろがチカチカして、耳もとで心臓の鼓動が響いているような気がした。

衣擦《きぬず》れの音が遠くで聞こえ、しばらくして張りのある肌が千倉に重なった。

ようやくうっすらと目を開けると、焦点がかろうじてあうくらい近くに真柴の顔があった。

「気持ちよかった？」

「……うん」

「続きしていい？」

「いちいち訊かなくていいよ。全部、真柴の好きなようにすればいいから」

して欲しいことなんか千倉にはない。あるとすれば、それは真柴の望む通りにしてあげたい、ということだけだ。

「俺のこと甘やかしちゃだめですよ」

言いながらも真柴は嬉しそうで、ぎゅうっと千倉を抱きしめた。

もう一度気が遠くなるほどキスをされて、それだけでまた千倉はぼうっとしてしまい、気がつくと俯《うつぶ》せにされていた。

腰だけ上げる恥ずかしい格好に、さすがの千倉も動揺した。

「なにしてもいいんだよね」

言ったからには、撤回する気はない。頷くだけの返事は思いがけず弱々しいものになってしまい、そんな自分が千倉は不思議だった。

真柴の手が双丘にかかると、緊張感が高まる。宥めようとでもしているのか、真柴は腰のあちこちに唇を落とし、舌を這わせた。

やがてその延長だとでもいうように、最奥《さいおう》に舌が触れた。

「ぁ……っ……」

小さく腰が震えた。こんなところを他人に触られるのは初めてだった。

好きなようにしていいと言ったことを後悔した。なんだって真柴のような男が、こんなことをするんだろう。

「千倉さん、こんなとこまでキレイ」

絶対嘘だと思ったけれども、やはり真柴の言葉には魔力みたいなものがある。

気がつけば身体から力が抜けていた。頑《かたく》なだった窄《すぼ》まりも、真柴の舌を受けいれていた。

ぞろりと舌先がなかへと入りこみ、千倉は泣きそうになった。気持ちがいいのか悪いのかもよくわからない。ひどい背徳感といたたまれなさと、それに勝る喜びとがないまぜになって、頭のなかはとっくにぐちゃぐちゃだ。こんな気分になったのは生まれて初めてかもしれない。

唾液を送りこむようにしてさんざんそこを舐めてから、真柴はいつの間にか用意していたらしいローションで指を濡らし、舌よりも深くずぶずぶと差しいれた。

「ぅ……んっ」

異物感がひどくて、千倉は眉をひそめた。真柴の愛撫はどれも気持ちがいいけれども、これだけは無理かもしれないと思った。

なかで指を動かされ、ギリギリまで抜かれてまた押しこめられる。いくどとなく繰りかえされるそれに、異物感は間もなく薄れていった。

そう思った途端に指を増やされた。

擦《こす》られるたびに熱くなって、おかしな疼《うず》きがいじられている場所から身体の芯《しん》へと広がっていくようだ。

腰が揺れたのは無意識のことだった。

指が動くたびに濡れた音が響き、そこへ千倉自身の喘ぎが重なった。

「ひっ、ぁ……あん」

ときどきひどく感じる場所があって、指が触れると腰から砕け落ちてしまいそうになった。

「なんかもう、すげぇエロイんだけど……」

真柴の呟きも、ろくに耳に入ってこなかった。聞こえてはいるが、意味を理解するほど思考は動いていない。

「ヤバイ、もう無理」

ごめん、という声が聞こえた気がして、とっさに頷いていた。

指がすべて引き抜かれていく。喪失感のようなものを覚える間もなく、俯せのまま熱いものを押しつけられた。

「は、っぁ……」

身がまえる時間など与えてもらえなかった。真柴は腰を進め、じりじりと千倉の身体を開いていった。

引き裂かれるような痛みを覚悟していたのに、実際はそんなことはなく、異物が入ってくる生々しい感覚のほうが強かった。

「力、入れないで……そう、息吐いて……」

真柴の顔は見えなくても、ずっと声をかけてくれるから不安はなかった。真柴が自分を傷つけるようなことをするはずがないのだ。

少しずつ身体が開かれていく。真柴のもので身体が繋がっていく。

男に後ろを奪われるなんて、結構とんでもないことだと思うのに、千倉のなかにあるのはどうしようもなく甘い気分だ。感じているはずの痛みさえも麻痺《まひ》させてしまう。

やがて耳もとで真柴は静かに息を吐きだした。

全部入ったのだ。深くまで入りこんだ真柴のものが教えてくれた。繋がっているところが熱くてたまらない。

「大丈夫？」

囁く声にすらぞくぞくした。指も舌も、声すらも、いまの千倉にとっては愛撫になる。

千倉は頷き、真柴の手に指を絡めた。長くて節が目立つ、男らしい指だ。無骨そうに見えるのに、この指は驚くほど繊細に動いて千倉を喘がせた。

引きよせて、口に指を含む。自然とそうしていた。義務とか役割とか、そんなことではなくて、ただこの指を舐めたいと思ったのだ。

舌を這わせると、真柴が息を詰めたのがわかった。

「真……柴……？」

千倉のなかで、真柴のものが大きくなった気がした。繋がっているところで、確かにそう感じた。

「また発見しちゃったな」

「え？」

「千倉さんって、エロ可愛い。普段、ああなのになぁ……」

ずいぶんと嬉しそうな声だと思った。どんな顔をしているかまで見える気がする。

なにがどう真柴のツボにはまったのか、千倉にはさっぱり理解できなかったが、好きな相手が喜んでくれるのならばなんでもよかった。

舌先を絡めて、湿った音をしばらく立てていると、急に後ろから耳を愛撫された。

「つぁ……ん」

耳朶《じだ》を噛まれ、舌先を孔《あな》に差しいれられて、ぞくぞくとした甘い痺れが肌を震わせる。響くような水音が千倉の理性をおかしくさせていく。

真柴が動き始め、身体を突きあげた。

痛くはないけれども、気持ちがいいとも思えなかった。ただ擦られるそこが熱くて、無意識のうちにシーツに爪を立てていた。

「あ……っ」

突きあげられるたび、千倉は息とも声ともつかないものを唇からこぼす。たんなる息ではなく、ひどくせつなげな響きを帯びはじめていることに、真柴だけが気づいていた。

一度身体を離した真柴は、千倉の身体を仰向けにし、ほっそりとした脚を片方だけ抱えるようにして、ふたたび深く貫いた。

「あぁっ」

がくんとのけぞった喉に、真柴は噛みつくようなキスをしたあと、耳を執拗に嬲《なぶ》りはじめる。指先は胸に触れ、さんざんいじられていたところをまた捏《こ》ねまわした。

どちらもひどく感じて、千倉の顔は官能に歪んだ。

引きだされていく感触に総毛立ち、押しこまれて声が出る。揺さぶられて抉《えぐ》られて、なかをぐちゃぐちゃにかきまわされた。

感覚なんてあやふやなものだ。あちこち愛撫されて、快感に喘いでいるうちに、後ろで感じているものすら気持ちがいいように思えてくる。

「もしかして、後ろで感じちゃったりしてない……？」

問われた意味をずいぶんと遅れて理解して、千倉はうっすらと目を開ける。だが目の前はぼやけてよく見えなかった。

急に胸に膝がつくほど深く身体を折られ、抉るようにして穿《うが》たれた。

「ひぁ……っ、あん……いやっ、ぁ……」

勝手に悲鳴のような高い声がこぼれて、ぎゅっと閉じた目からぽろりと涙が落ちていく。よく見えなかったのは涙で潤んでいたせいだった。

さっき指でもいじられた場所を真柴が抉るたびに、びくんびくんと身体が跳ねあがり、声が止まらなくなる。

「気持ち、いい……？」

問われるままに、千倉は何度も頷いた。

やめて欲しいと思い、もっとして欲しいと思う。どうにかなってしまいそうなのが怖くてたまらないのに、きっとここでやめられたら縋りついてしまいそうな気がする。

「言って。気持ちいいって」

耳に触れる声に、ぞくっと身体の芯が痺れた。

「あ、っぁ……い……いっ……気持ち、いい……」

理性などとっくに焼き切れている千倉は、真柴の望む通りに言葉を返し、細い両腕で彼にしがみついた。

広い背中だった。体格がいいのは知っていたが、こんなに頼もしくて安堵できる背中だとは知らなかった。

どうにでもされてしまいたい。真柴にだったら、どうされてもいい。

ふいにそういう気持ちになった。愛おしいという思いがあふれて、いまこの瞬間がずっと続けばいいと思った。

「もっ、と……もっと、して……」

譫言《うわごと》のように呟くと、真柴はくしゃりと顔を歪めた。

「くそっ、たまんね……」

「あっ、や……あ、ぁっ、ん！」

がつがつと貪《むさぼ》るように突きあげられて、千倉は追いつめられていく。真柴の背中に爪を立て、のけぞって悲鳴を上げた。

本能に突き動かされ、真柴は容赦なく千倉を求めた。

千倉の嬌声《きょうせい》と真柴の息づかいと、それから淫猥《いんわい》な音だけが室内に響いた。

「ああぁっ……！」

ひときわ深く抉られたとき、千倉は大きく身体を震わせて、甲高い悲鳴を上げた。頭のなかは文字通りに真っ白で、一瞬気を失ったようにも感じた。

ただの絶頂感ではなかった。長く身体に残るようなそれは、いままで味わったことのない種類の快感だった。

真柴の背中から落ちた手がシーツに投げだされた。千倉はぐったりとしたままだが、身体はぴくんぴくんと小さな震えを繰りかえしていた。

余韻がなかなか消えていかない。意識がぼうっとして、起きているのになにも考えられなかった。

「うわ、すげぇ。痙攣《けいれん》しちゃってる」

感極まったとでも言わんばかりに、真柴は千倉をぎゅうっと抱きしめた。

「ぁ……っ」

ちょっと触れられただけで、声がもれる。特に腰のあたりはだめだ。神経が剝《む》きだしになってしまったようだった。

ようやく千倉は我に返った。

「ま、待って……だめ」

「なにが?」

「そっとしといて。いま触られると……」

「感じちゃう？」

くすりと笑う真柴は、なにがそんなに嬉しいのか、いまにも蕩《とろ》けそうな顔をしていた。せっかくの男前が台なしだ。

おまけにだめだと言っているのに、真柴は千倉を撫でまわす。

「ん、んっ……」

千倉は何度も小さく声を上げ、びくびくと身体を震わせた。やっと消えてくれるかと思った官能の火は、消えるどころか再燃しつつあった。

真柴も同様だ。繋がったまま、いく前と同じ状態に戻っている。

「やっぱ千倉さんのカラダって、されるほうが向いてる気がするな」

「………」

反論の言葉は持っていなかった。

抱かれる立場になって、千倉は初めて快楽に溺《おぼ》れた。それは相手が真柴だから、というのもあるだろうが、初めてのくせに、我を忘れるほど感じまくっていたのも事実だった。おまけにこの身体は、いったあとで痙攣までして快楽の余韻に浸ってくれた。

「相性もね、いいと思うんですよね」

「それは……うん」

気持ちだって重要だ。感じまくっていたのは千倉の体質もあるだろうが、真柴だからというのもあるに違いない。もちろん下手だったらこうはならなかったはずだが。

「ねぇ、千倉さん」

「やっ……」

びくっと震えたのは、身体の勝手な反応だった。

抱かれてみていろいろと知ったことがある。真柴の声が実はとても甘くて艶《つや》っぽいのだということもそうだ。普段の口調だと気づかないが、官能の色を帯びて耳もとで囁くようなトーンになると、途端に数段いやらしくなる。

「可愛いなぁ、もう。なんかさ、エッチ中の千倉さんって、三割増しくらいに可愛くなってない？　普段も可愛いんだけど、感じてるときの声とか超可愛くて好きだし、いくときの顔とかもすげぇクルし」

「連呼するな」

「だって本当のことだし。俺、思ってないことは言わないよ」

それは知っている。心にもないことは言わない代わりに、彼は思ったことはそのまま言ってしまうのだ。もちろん場の空気は読むが、千倉と二人だけのときは垂れ流しと言ってもいいくらいだった。

「……それで、なに」

「続き、いいですよね？　俺もう、こんなになってるし」

「や……あんっ」

軽く腰を突きあげられて、思わず声を上げた。甘ったるくて高い声だ。違和感があってたまらないが、真柴が好きだと言っていたから、まぁいいかとも思う。

ついでに続けて二回というのも、仕方ないと諦めた。

ふうと息をつき、千倉はもう一度真柴の背に腕をまわすと、少し引きよせて唇にキスをしてやった。

失敗だったと気づいたのは、真柴の目を見たときだ。

単純な男を、千倉はたったいま煽《あお》ってしまったらしい。ただでさえやる気に満ちていたのに、燃料を補給してしまったのだ。

「今日は寝かさないから、覚悟しててくださいね」

「え、いや……」

自然と目が泳いだ。とっさに押しのけようとしたが、しっかりとした身体はびくともしなかった。

いまさらだが、真柴はいい身体をしている。さすがは元プロスポーツ選手だ。腹筋なんかきれいに割れていた。

「好きなようにしていいんですよね？　言いましたよね？」

「言った……けど……」

「責任取るから、俺につきあってください。大丈夫、気持ちよくしてあげますって」

墓穴を掘ってしまった。相手はまだ二十三歳になったばかりで、持久力を求められるスポーツでプロだった男だ。千倉との体力差が一体どれくらいあるものか想像もつかない。

説得しようと開いた口は、あえなくキスで封じられた。そうしてゆっくりとまた揺さぶられ、キスのなかに甘い声が呑みこまれていく。

貪り尽くされる自分を、千倉は覚悟した。

長い夏が終わって、風も空もすっかり秋らしくなってきた。スーツを着ていても苦ではないし、すっかり身体に馴染むようになった。コートが必要になるまでもうすぐだ。

結局真柴はカタログのモデルを務めた。女性社員に言われたように、茶髪で少し長めのウィッグをつけ、カラーコンタクトとメイクで顔の印象を変えて、覚えていないほどたくさんの写真を撮った。できあがったカタログはすでに配布ずみで、問い合わせはいくつか来ているようだが、いまのところ大々的にバレた様子はない。もちろん真柴圭太ではないかという噂は一部で出ているようだが、それは想定の範囲内だ。

千倉と過ごす週末も、何度目になるかわからない。真柴は相変わらず金曜の夜から日曜の夜まで居座り、ミルクと千倉の世話を焼いている。近所の行きつけの店は、二つとも順調にメニューの制覇中だ。相変わらず千倉は洋食店でオムライスとナポリタンしか頼まないが、真柴は一人で順番に頼んでいた。

そろそろ本気で引っ越そうかと考え始めたところだが、契約してまだ半年しかたっていない部屋を出るのはさすがにためらいがある。

急ぐことではないので、このあたりはゆっくりと考えればいいと、真柴はカップに湯を注ぎながら小さく頷いた。

ふいにポケットのなかで携帯電話が震えた。着信したメールを確かめてから、真柴は返信することなく電話をしまった。

湯気の立つカップを手にベッドに近づいていくと、横になったまま本を読んでいた千倉が枕もとにその本を置く。

「いい匂い」

「柚子《ゆず》茶です。お茶っていうか、柚子入りのハチミツを溶かしたもんですけど。喉にいいらしいですよ。ほかに欲しいものあったら言ってください」

「これでいいよ」

ざらざらした声は気《け》だるげで、身体を起こすのも億劫《おっくう》そうだ。思わず真柴は手伝ってやり、ベッドと背中のあいだに枕を入れた。

「メシはどうしますか?」

「まだいい。それより、ミルクのごはん」

「ちゃんとあげましたよ。満足して寝てます。あ、寒くないですか?」

「大丈夫」

柚子茶を飲み干して、千倉はまたすぐに横になった。

別に病気なわけではない。いや、ベッドから出たくないほど体力や気力が削がれているのだから、普通の状態とは言いがたいだろうが、原因や対処法はわかっている。とにかく休み、回復を図ることだ。この三ヵ月ほどのあいだに、互いにわかったことだった。

立ち去りがたくて、真柴はベッドサイドの床に座ったままでいた。

そんな真柴を、横になったまま千倉はじっと見つめる。

「なんですか?」

もの言いたげな視線に思えて促したことを、真柴はすぐに後悔することになった。

「真柴が僕を説得するときによく言ってたあれ、大嘘だったたね」

「あれ?」

「こっちのほうが楽って言ってなかった? 全然楽じゃないんだけど」

「あー……いや、まぁ……その通りなんですけど……」

そこを突かれるととても弱い。真柴だって予想外だったのだ。まさか自分がこんなに欲深く、理性のブレーキが甘い人間だとは思っていなかった。

いつだって始める前は、千倉に無理をさせないようにしようと思うのに、ほとんどの場合、途中から我を忘れてしまう。たとえ千倉が泣いて許しを請うても、逆効果だ。可愛くて、もっと泣かせたくなって、余計に止まらなくなる。

おかげで千倉はしょっちゅう今日のようにぐったりしている。だがぶつぶつと文句を言いつつも、結局は許してくれる千倉に甘えてしまっている状態だった。

「ケダモノだよねぇ」

「う……おっしゃる通りです」

「あの嘉威だって、真幸にここまでしないんじゃないかなぁ……少なくとも毎回は。真柴って、無駄に体力ありあまってるよね」

さすがに今日は機嫌が悪いようだ。昨夜は失神するまでしてしまったし、今朝は今朝で起き抜けに盛《さか》ってしまったから、千倉はもう起きあがりたくもないようだ。

「余ってんのは性欲って気もしますけど」

「自分で言うか。僕より若いったって、君は二十三なんだからね、十代みたいに盛るんじゃない」

「俺の場合、やりたい盛りがいまなんですって。千倉さんに会って、目覚めたっていうか」

「僕のせいみたいに言われるのは心外だ」

千倉はぷいっとそっぽを向いた。本気で怒っているわけではなく、あくまでパフォーマンスだが、その威力は抜群だった。

反省を促す方向にではなく、真柴を萌えさせる方向にだ。

「可愛いっ」

「ちょ……」

がばっと覆い被さって抱きしめると、腕のなかで千倉はじたばたと暴れた。身の危険を感じているのだ。

「千倉さん、やっぱわざとでしょ。絶対わざと、俺のこと煽ってるよね」

「なに言ってるの」

「マジで無自覚？　あー、それはそれでイイ……」

頰《ほお》ずりを始めた真柴に、どうやら危険はないようだと察し、千倉は身体の力を抜いた。

「離しなさい、こら」

「いやです。あー、なんか千倉さんって、甘い匂いがする」

「耳鼻科へ行くといいよ。ついでに眼科も」

冷たいことを言う口とは裏腹に、千倉の手は真柴の髪を優しく撫でている。千倉は真柴の髪を撫でるのが好きで、よくこうして指に髪を絡めているのだ。もしかしたらミルクより、よほど撫でられているかもしれない。

「本当に甘いんですよ。フェロモンってやつかな」

「はいはい」

「たまには本気で聞いてくださいよ」

「本気で聞いてたら頭痛くなるようなこと言うからだよ。ああ、でも真柴の言った通りだったこともあったね」

「なんですか？　気持ちいいとか、そういうこと？」

そこは自信がある真柴だった。千倉には毎回、充分に快楽を味わってもらっていると自負している。真柴が溺れているのは事実だが、千倉だって同じくらいに我を忘れて溺れているはずなのだ。

千倉は照れ隠しなのか、少しいやそうに顔をしかめた。

「まぁ、それもそうだけど。ほら、君がぼそっと言った……焦らすの好きとかいうあれ。本当だったよね」

口調がすっかり呆れているが、不機嫌ではないからいいとする。クレームをつけがてら、真柴を揶揄《やゆ》しようというのだろう。

「だって千倉さん、可愛いんだもん」

「理由になるの、それ」

「なりますよ。焦らしまくると、千倉さん超可愛いんですよ。泣き顔とかも好きなんです。でもやっぱ、気持ちよがってる千倉さんが一番見たいかな。あ、これはエッチの最中の話ですからね」

これは言い訳じゃない。本心だ。抱かれているときの千倉はひたすら可愛いばかりで、普段の冷静さは見る影もなくなる。快楽に従順で、真柴にも素直で、触れれば触れるだけ感じて喘いでくれるのもたまらない。

声だって可愛いし、感じているときの顔もいい。あの声や顔を知っているのが自分だけだと思うと、さらに盛り上がってしまうのだ。

「ふうん……」

素っ気ない反応に、真柴は焦る。

いまのところ毎回千倉は抱かれる側だが、そのうち逆がいいと言い出すのではないかと冷や冷やしているからだ。

するとと見透かしたように千倉は苦笑した。

「別に交代しようなんて言わないから、心配しなくてもいいよ」

「う……顔に出てました？」

「出てました。最近、前よりわかりやすいね、真柴」

「いろいろ素直なんで」

「特に欲望にはね。ま、僕は真柴を満足させられるようなテクニックも持ってないし、自信もないから、このままでいいよ」

千倉はいくぶん投げやりだったが、真柴としてはありがたくお言葉に甘えさせてもらうことにした。

「それより、さっきメール見て深刻な顔してたけど……」

「ああ、兄からだったんです。なんか、三ヵ月以上もたって、いきなりメールしてくるところが、らしいっていうか……」

カラオケルームで会った翌日、千倉の携帯に亮一からメールが入ったのだ。もう少し落ち着いて考えがまとまったら、もう一度真柴に会って、話したい……という趣旨だった。千倉のところへ来たのは、亮一が真柴の個人的な連絡先を知らなかったからだ。いや、調査を依頼したときに、もしかしたら携帯番号くらいは入手したかもしれないが、真柴が教えていない以上は使うまいとでも思ったのかもしれない。

とにかくそんな連絡があったので、千倉は真柴の許可を得てから、真柴の携帯番号とメールアドレスを送った。それが三ヵ月ほど前だった。以来、今日まで亮一からの連絡はいっさいなかったのだった。

「複雑そうな顔してたよ」

「まぁ……そうですね。だいたい千倉さんが言った通りでした」

会うとなかなか言いたいことをきちんと言えないので、長い時間をかけて文章にしてみたらしい。

子供の頃はとにかく真柴がうらやましかったこと。兄と弟というよりも、同等のライバルのように感じていたこと。真柴の持っているものが、なにもかも素晴らしく思えていたこと。でも兄だから我慢しろと言われ、理不尽に思っていたこと。

あの日話したことと多少はかぶる部分もあったが、亮一の素直な気持ちが表れたそれは、短いセンテンスで淡々と綴《つづ》られていた。箇条書きに近かった。だがそれだけに率直で、言葉を飾られるよりもずっと響いた気がした。

メールにロックをかけたことは、千倉には内緒だ。恥ずかしくてとてもそんなことは言えない。

「それより、千倉さんこそいいんですか？　嘉威さんたち、断っちゃって」

少し前に千倉の元に嘉威からメールが入ったのだ。真柴を交えて一緒に食事でも、という誘いだった。どうやらデート帰りに寄ろうとでも考えていたようだが、千倉は真柴に相談することなく断った。それこそもう、潔いほどあっさりと。

「お客さんを迎える気力はないし、外へ行くなんてもってのほかだよ」

「それはそうなんだけど……。もしかして、嘉威さんたちに知られたくないですか？」

「なにを？」

きょとんとした顔が普段よりも幼く見えて、トスッと音が聞こえたかと思うくらい胸を射《い》貫《ぬ》かれた。不意打ちは威力がある。

「これが、きゅん死ってやつか……」

「真柴。話を進めて」

呆れた目をされ、真柴は我に返る。蔑《さげす》みの目ではなくてよかった。

「あー、つまりだから俺たちの関係です」

「なんで」

「いや、なんでって……」

「別に隠す気はないよ。わざわざ言うことでもないかな、とは思うけど。恋人できたーって、報告するような性格でもないし」

「あ、ああ……確かに」

言われてみればまったくその通りだ。そんな千倉は想像できない。

おそらく遠からず、どちらかが気づくだろう。気づかないようだったら、真柴が仕向けてやってもいい。

「それに、あの二人……っていうか、真幸の目的はミルクだよ。別に僕に会いたいってわけじゃないと思うし」

「千倉さんって、もっと真幸さんに甘いんだと思ってました」

「昔から、こんなものだよ。問題があれば放っておかないけど、真幸はいま幸せだからね。それに僕は自分のことでせいいっぱいだし」

言いながら気だるげに息をつく千倉は、直視していたらまずいほどに色っぽい。

真柴の恋人は無色透明だ。それは変わらない。なのに最近では、匂い立つような色香を放つようになってとても困る。嬉しいけれども、真柴は心配でしかたなかった。救いは、始終色香を垂れ流しているわけではない、ということだろう。

「千倉さん」

「うん？」

「気をつけてくださいね。ほかの男、寄せつけちゃだめですよ」

「なに言ってるんだか」

相変わらず千倉は自己評価が低い。卑下しているという感じではなく、揺るぎない事実として刻まれてしまっているようなのだ。真柴がそんな千倉の顔も好きだと言えば、戸惑いながらも嬉しそうな様子を見せるが、それすら「真柴はもの好きだから」で完結している節がある。

そんなはずはないのに。どんな顔がいいかなんて、最終的には好みの問題だ。好かれやすい顔、整った顔、というものはあるだろうが、誰もが一番に好きな顔、なんていうものが存在するはずがない。

千倉の顔立ちや雰囲気に惹《ひ》かれる男がいても不思議じゃないのだ。いや、むしろいるだろうと真柴は確信していた。なぜならば、千倉は無色透明だからだ。いままでは目立たなかったかもしれないが、もともと顔立ちはいやみがなくてきれいなのだから、漂うようになった色香のせいで他人が意識するようになったら、引っかかる男だって出てくるに違いない。

「なんか、俺……苦労するかもしれないなぁ」

「え？　なんて言ったの、いま」

「なんでもないです。ちょっと独り言。ん？　どうした？」

いつの間にか足下に来ていたミルクが、すりすりと足に頭を擦りつけてくる。腹が一杯になって寝たはずなのに、もう起きてしまったらしい。しかもこの甘えっぷりは、間違いなく餌の要求だ。

「もう腹減ったのか」

「あ……僕も少しすいてきた気がする。まだ遠い感じだけど」

「じゃ、なんか作ります」

一時期料理に凝っていた真柴は、それなりにレパートリーが多いのだが、今日は千倉の好きなものを作ろうと決めた。

やはりオムライスだろう。

「よし、今日のランチはオムライスに決定。っとその前に餌か」

洗面所へ向かう真柴の後ろ姿を、千倉はベッドのなかから愛おしげに見つめていた。

あとがき

スピンオフでございます。でも、前作を知らなくてもまったく支障はありません。で、前回脇にいた千倉が今回はメインの話です。

前回が終わったあと、次は千倉で行きましょう……となった時点で、わたしのなかではまだ受か攻かも決めていませんでした。というか、そもそも主人公にすることを想定していなかったわけですね。

なので、担当さんに「千倉って、どっちですかね？」などと訊いてしまう始末。訊いた時点で、受六割くらいの考えだったんですが、話しあってやはり受に決定！

さて、次は相手です。ここでもまた、年上にするか年下にするかで考え、こんな感じとなりました。

ちょうどその頃、私は弱点がてんこ盛りのキャラを書くぜ、と思いつく限りの弱点をメモしていたので、千倉に適用してみてこんなことに。もっといろいろと考えてたんですが、使い切れなかった……。

千倉のトラウマ体験は、父の実家で私が体験したことなのですが、私は特に問題なく過ごしております。インパクトの強い出来事だったので、かなり鮮明に覚えていますけども。

夜中に目が覚めて、なにやら妙な音がして、ふと見たら暗がりに猫がこっち向いて座っていて、目がキラリンと光っていて、生臭くて（笑）。猫の名を呼びながら手を伸ばしたら、そこにデカイ鯉がドーン。しかも腹から食われてた！

さすがにびっくりして、隣で寝ていた従姉を起こし、最終的には家中の人たちが起きて、片づけ作業……。別にトラウマでもなんでもないですが、何十年たったいまでも暗闇のなかで聞こえてきた音（鯉をむっしゃむっしゃ食ってる音）は忘れていないです（笑）。

子供の頃から一貫して猫好きです。その猫とはその後も良好な関係でした。目の前で、ねずみとかセミとかバリバリ食われたこともあったけど！　いま思えば、彼女は優秀なハンターだったのだな……。

猫も好きですが、犬も好きです。そういえばやはり子供の頃に父の実家の犬に、手のひらをブッスリと噛まれましたけど（完全に犬歯が食いこんで穴が空いた。貫通はしなかった）、別に犬が怖いと思ったことはないなぁ。幼児の頃には親戚の家の秋田犬にも軽く襲われたようですが覚えてないし、その後も特に問題なく接していた模様。

ワイルドな三毛の彼女は、野性味あふれるハンターだっただけではなく、二十年以上生きたご長寿猫でもありました。いまでこそペットの寿命はかなり延びてますけど、当時としてはすごかったんじゃないだろうか。

もうすぐ十九歳のうちの猫は、もうかなりヨボヨボですが、日々のどかに暮らしています。

私の、薬を飲ませる技もプロフェッショナルの域。

余生を穏やかに送らせてやりたいと願う今日この頃です。

さてさて、そんなこんなで子猫も出せて楽しかった今回ですが、いただいたイラストを見てテンション上がってます。

前回に引き続いてお世話になりました、鈴倉温さまの素敵イラストにニヤニヤし通しです。真柴のチャラい感じがしつつも格好いいところに大感激。千倉もきれいに描いてくださってありがとうございます。そして、あちこちで存在を主張しているミルクも可愛くてたまらんです！　真柴の腹の上で寝てるのとか！

本のできあがりが楽しみです〜。

最後になりましたが、ここまで読んでくださってありがとうございました。またぜひ次回もよろしくお願いします。

きたざわ尋子

✦初出　君なんか欲しくない……………書き下ろし

きたざわ尋子先生、鈴倉温先生へのお便り、本作品に関するご意見、ご感想などは
〒151-0051 東京都渋谷区千駄ヶ谷4-9-7
幻冬舎コミックス　ルチル文庫「君なんか欲しくない」係まで。

幻冬舎ルチル文庫
君なんか欲しくない

2011年2月20日　第1刷発行

✦著者　きたざわ尋子　きたざわ じんこ

✦発行人　伊藤嘉彦

✦発行元　株式会社 幻冬舎コミックス
〒151-0051 東京都渋谷区千駄ヶ谷4-9-7
電話 03(5411)6432[編集]

✦発売元　株式会社 幻冬舎
〒151-0051 東京都渋谷区千駄ヶ谷4-9-7
電話 03(5411)6222[営業]
振替 00120-8-767643

✦印刷・製本所　中央精版印刷株式会社

✦検印廃止

ISBN978-4-344-82174-3　C0193　Printed in Japan